爱让生命延续

曹云 董玉琴

滔滔不息的叶尔羌河讲述着一个动人的故事,其男女主人公是普通平凡的农场职工。他们的故事虽然没有曲折离奇的情节,但他们近20年来相濡以沫、战胜病魔的故事使人为之动容。

四十五团六连是兵团农三师命名的小康连队。连队距团部博塔依拉克镇不足1公里。这里的人民勤劳朴实,安居乐业,彼此互相尊重,互帮互助,团结得就像一家人。在这个连队,人们经常看到这样一幅画:林阴下,一位中年妇女安详地坐在轮椅上,一位中年男子缓缓地推着轮椅,漫步中,他们时而低声窃语,时而开怀大笑,他们的幸福感染着过往行人。

他们就是被连队职工群众津津乐道的模范夫妻聂新民和王文英。

聂新民、王文英出生在河南省一个贫穷的农村。1979年,他们开始相爱。聂新民常年在外地打工,未婚妻王文英主动担负起照料聂新民老父老母的重任。1980年的冬天,聂新民的母亲患重病,王文英只身拉车在乡间公路上将老人送至县城医院救治,往返40公里,风里来雨里去,直到老人痊愈。春节时聂新民回到家里，听到母亲和乡邻的述说后，激动不已。就在这个春节，聂新民与有一颗金子般的心的王文英喜结百年之好。婚后，夫妻恩爱无比。

天有不测风云，人有旦夕祸福。就在他们刚刚品尝到爱情的甜蜜之时，灾难却无情地降临头上。聂新民患了急性肺脓肿，水米难进，咳嗽不止。王文英领着重病的丈夫先是求诊于乡卫生所，后是求治于大医院，满天繁星出门，月上枝头归家。王文英四处借钱求医，还干农活，照顾年迈的公婆和2岁的女儿。经过两年的治疗，聂新民康复了，他们的爱情之树也培育得更加枝繁叶茂了。

1989年，聂新民、王文英夫妇经人介绍举家来到四十五团六连承包土地。他们爱上这片绿洲，把根牢牢扎在四十五团的土地上。他们辛勤劳作，小日子过得红红火火。

也许是病魔故意对聂新民、王文英夫妇进行一次考验。1995年11月，王文英突然昏迷，时而浑身冰凉，时而高烧达40余度。团医院诊断不出病情，将王文英转至农三师医院，之后又转至兵团医院，可是仍然查找不出病因。

王文英处于极度昏迷之中，全身麻木，毫无知觉。聂新民昼夜陪伴在妻子的病床旁，眼睛布满血丝，多次紧握着妻子瘦弱的手，千遍万遍地呼唤道："文英呀，你快醒来吧！"

聂新民对妻子无微不至的关心和真挚的爱感动了兵团医院的医护人员，也深深打动了病友。但王文英的病情在恶化，死神在向他逼近。为给王文英治病，已经债台高筑的聂新民横下一条心，咬紧牙关，只要妻子还有最后一口气，就要义无反顾地救治。他要用真情唤醒昏迷中的妻子。

聂新民开始背着妻子踏上了迢迢求医之路。

求医之路曲折而辛酸，经过数十次的检查和治疗，最后，河南省开封市淮河医院诊断出王文英的病情——急性结核转脑炎。经过8个昼夜的紧急抢救，王文英终于苏醒了。面对这久盼的喜悦，聂新民这位七尺的汉子高兴得手舞足蹈。然而，由于王文英发病时间

魅力文丛
MEILIWENCONG

叶尔羌情思

（下）

付爱琴 编

克孜勒苏柯尔克孜文出版社
新疆电子音像出版社

过长,脑炎伤害到中枢神经,造成半身瘫痪。面对将在轮椅中度过后半生的严峻现实,王文英这个昔日的女强人精神彻底崩溃了,拒绝吃喝,等待着死神的到来。刚强的聂新民目睹妻子伤心绝望,心碎了,偷偷地无声地哭了,但是他决心陪伴王文英共度今生。

于是,擦干泪的聂新民细心安慰妻子,给妻子讲述一个又一个的风趣幽默的故事,逗妻子开心,用真情去融化妻子心中的寒冰,王文英的脸上终于重新焕发出光彩。

"地窝子"镇抒情怀

邓启金

位于巴楚县城东南40公里处的农三师四十九团所在地——盖米里克镇,原本无地名,1950年8月,中国人民解放军二军四师十二团三营的70多名战士进驻此地开荒生产、修建地窝子,"盖米里克"(维吾尔语意为"地窝子")的名字才由此而产生。

半个世纪以后的今天,在这个曾经有沙狼野狐出没的戈壁上,在这个曾经连房子都没有、军垦前辈用艰辛酿造美酒、洒汗浇灌幸福的地方却又是另一番景象。

宽阔的双行四车道柏油路,红黄绿交相辉映的路灯,流光溢彩的文化娱乐广场,在冬日里仍泛着绿色生机盎然的人工草坪,扶老携幼欢歌漫步街头的动人场景……

这一切的一切都在向世人昭示:今非昔比;这一切的一切也都在向世人证明:兵团人有能力在不毛之地用几代人几十年辛勤付出,筑就幸福乐园。

如今放眼看:70多名军垦战士的背后是两万多军垦后代继承前辈传统、开发西部的合影,远处是一直延伸至天边的碧绿万顷良田……昔日的地窝子上，耸立着一幢幢装修考究的楼房，延伸着充满现代气息的平房；顺着军垦前辈手指的方向，在那曾经尘土滚滚的小径上，富裕起来的职工骑着摩托车、驾着轿车，在通往小康的路上欢歌前进。这幅图画的背景是这群"土包子"正拿着手机同沿海老板讨价还价的景象，而互联网上延伸的则是盖米里克人世代走出戈壁的梦想……

透过这幅盖米里克今昔图，我从骨子里感受到的，是由兵团战士在渺无人烟的不毛之地创造出的神话、创造出的奇迹，是种精神，是兵团精神、三师精神的延伸、升华……透过这幅盖米里克今昔图，沿着盖米里克人敢于穿越时空的深邃目光，我清楚地看到，盖米里克人正在西部大开发的号角声中，沿着党的十六大指引的方向，为全面建设小康社会，实现"发展壮大团场，致富职工群众"这个目标描绘新的画卷。

我们坚信，勤劳勇敢于的盖米里克人，定能以更大的变化、更好的成绩在屯垦戍边的光辉史上再涂抹浓重的一笔，定能在盖米里克精神的激励下，与时俱进，让盖米里克镇成为戈壁滩上的一颗璀璨明珠，定能以百折不挠的精神，告慰长眠于斯的军垦英烈。

沙漠的湖与湖的沙漠

刘学杰

　　我早就有一个心愿:野游沙漠。在新疆生活了
这么多年,去过了不少地方,戈壁呀,绿洲呀,雪山
呀,都有我的足迹,惟独没有去过沙漠。一次到和
田策勒县,已望见了沙漠,但因行期已近,与它擦
肩而过。还有一次在于田县,准备停当,就等拂晓
上路,跋涉沙漠已成定局。不料想后半夜狂风四
起,连续三十多个小时的沙尘暴,县委领导断然取
消了我们的沙漠之旅。难道命里注定沙漠与我无
缘?

　　命运的天平是公正的。一切应了国人的古训:
不是命运不好,而是时机不到。这不,公元2002年
的"五一黄金周",应岳普湖县委、县政府和地区旅
游局的邀请,我们喀什作协的几位同仁有幸领略
一番沙漠了。

　　岳普湖县不大,12年前我到过。那时走在岳普
湖街上,曾和县上的几位朋友开玩笑:"岳普湖,岳
普湖,快领我们去游游湖吧!""这哪有湖呀!要不
我们去几个涝坝看看?"一阵大笑,将对方的尴尬
化解。是的,这个被沙漠包裹的县,多么渴望有一
座湖!湖梦难圆,就取个带水的县名吧,兴许望

"湖"止旱,水神降世呢。

今天,我们来到了岳普湖新开发的达瓦昆湖。这是一座名副其实的湖,水域宽广,风起波涌,十几只舟艇在湖中冲浪;湖边沙漠欧式别墅栉比,遮阳伞五颜六色,游人或品咖啡,或日光浴,一派海岸景像。再一看,湖的四周全是由面粉状的灰白细沙铺就,沙包叠障蜿蜒,将湖水衬托得越发湛蓝,是罕有的沙漠湖。

我去过帕米尔高原的卡拉库里湖,游戈过高山之湖——天池,对沙漠湖未曾听说,也未曾见识。我疑窦顿生:沙漠里怎么会有湖泊呢?寻访之下,才知道沙漠乃自然天成,而湖是人工制造的。制造者匠心独运,斗胆将湖泊建在沙漠间,仅此,我们就要对岳普湖人刮目相看了。他们用人的胆量,人的智慧,人的毅力开挖了一个湖,将远方的河水引来,且湖越挖越大。

达瓦昆的诞生,使岳普湖那个虚度了几百年的"湖"字有水了,岳普湖真有湖了!

沙漠因有了湖水的偎依,它那凶险之相泛起几缕温柔;湖因沙漠的支撑,那女人般的柔情多了些许男人味。它们不再是相克的患难弟子,和睦相处,共存共荣,显现了极高的宽容和气度。

不要一提起沙漠,就心头发怵,就诅咒不已。上苍赐于人类的物什总有用处。岳普湖人不是憎恶沙漠,丢弃沙漠,而是亲近沙漠,拥抱沙漠,在沙漠上动足了脑筋,使尽了力气,让这个狰狞之物不再狰狞,让死亡恶鬼也变得人性起来,可爱起来,好玩起来。我们不要因彭加木、余纯顺葬身罗布泊而诋毁沙漠,否定沙漠。沙漠是无过错的,那是天地的造化。

骆驼不在沙海里行走,它凭啥恃傲?

人们躲避沙漠,算什么高级动物?

穿越沙漠是最灵验的生死考验。

沙漠似顽皮的孩童,执拗地磨炼着人们的脾性,增长着人们的诡谲,消减着人们的城市之病,不由地露出"窃喜"之色。

岳普湖人在旅游行程的安排上煞费心计。他们不是引导游客直奔达瓦昆沙漠,而是先让你去参观千年古柳,千年胡杨,千年古墓和"天堂之约"等地。上述景观均与沙漠有关。通过实地考查,你对沙漠的好感渐次上升,对沙漠的冷酷变为热切,为最后跋涉达瓦大沙漠埋下伏笔。

千年古柳,千年胡杨,树身苍老,但又枝叶葳蕤,树龄均在千年以上。称奇的是,它们在这几乎无雨滴的赤地,得以存活。靠什么?靠沙漠,靠沙漠掩遮下的十几米深的湿地。古柳和胡杨为了生存,不致干涸而死,便拼命地伸长根须,去贴近湿气,就靠这微薄的水份发芽吐绿,顽强地延续着生命。这就是胡杨——千年不死的秘密。

那个叫"天堂之约"的沙漠景观,流传着一个动人的故事——

1200年以前,一株胡杨树生长于此。400年后的胡杨树被大风刮倒,形成一株凸形大门。不久,树枝衰败,濒临枯死。这天,一位少女的遗体埋于树下。原来这位少女勇敢地与自己心中的小伙子相爱,不听父母的劝阻和威吓,自刎,以生命之躯冲击了古老的婚姻习俗。家人把她掩埋于这株将死的胡杨树下。第二年春,倒在地上的胡杨树竟从树的中间长出了嫩枝和树叶,这株胡杨树借助少女灵气恢复了活力。少女长年躺在胡杨的怀里仰望着绿黄绿黄的树冠,两者相依为命。

和"天堂之约"紧邻的千年古墓群别是一番韵致,在乳白色的沙丘、沙壑间,密密匝匝地排列着数百个坟堆,每个坟堆前捆绑着一架木梯,喻意为上天之路,这仅仅是裸露在沙丘这上的后来者的坟包。据当地人介绍,先前的几千座坟包早已被沙海吞没,不见踪迹,已埋下两三层坟地了。无尽的滚滚沙浪成了死者最理想的栖息之地,这真正的厚葬,这不是任何人都能享受到的。埋在沙子里不必担心尸骨腐烂,极度的干旱吸尽遗体的水份,个个出落成木乃伊。此地风水真好,难怪人们不去绿洲田园,不去草地河畔安葬逝者,先人的聪明足见一斑。

我们在沙丘间如蜗牛般爬行,常常手足并用,鞋内装满了细沙,如灌铅般沉重,索性赤脚去感受让沙砾触摸的快慰。一旦走进沙漠,恐怖的沙漠,不那么恐怖了,遥远的沙漠,不那么遥远了。它原本极普通,是人过分地渲染了它,自己惊吓自己。只要你贴近它,你就会喜欢它,它也会报恩于你。

放眼望去,起起伏伏、浑浑圆圆、细细匀匀的沙海漠浪,千姿百态,鬼爷神工。这全是大风的杰作。沙梁柔美的线条,如削的脊缝,光影的凹凸,无机地构合成辽远宏阔的大漠万象图。面对这如诗似画的美景,我们舍不得下脚去踩,生怕玷污破坏了难得的完整。我们这些突兀的造访人不愿扮演毁灭自然景观的"罪者",同仁们都识趣,只在被他人踩过的沙海里,汗流浃背地饱尝了玩沙的苦楚和快乐,然后乘坐探险车登高冲下,体验前仰后倒、狂喊惊叫的刺激。玩累了,喊乏了,大伙儿斜躺横卧在沙包顶上,静静地欣赏着沙漠的韵律。它浩大的身躯安之若素地松驰,通体散溢着孤傲,微风不时修饰着它光洁润玉般的"肌肤"。

是啊,踩沙,爬沙,滚沙,戏沙,被沙埋是欣赏;心无旁鹜地领略它的交错,游移,博大和无际,也是欣赏。始料不及的是,刚刚还在凉气袭人的湖泊里荡舟,品咂着湖水的气息,转眼间又在热风扑面的沙漠里苦苦挣扎,人人土头灰脸,没有过渡,没有铺垫,反差之大,转换之快,是达瓦昆湖和达瓦昆沙漠诱人的魅力所在。

沙漠里哪有湖? 惟达瓦昆。

湖边哪有沙漠?

惟达瓦昆。

去达瓦昆既游湖又爬沙,一地赏两景,这是任何沙漠景区难以企及的,达瓦昆的金贵就在于此,岳普湖游人如织缘于此。仅今年"五一"黄金周就接待疆内外游客达14000多人! 经济效益、社会效益自不待言。岳普湖人如此大作沙漠与湖的文章,如此巧作沙漠与湖的生意,让沙漠与湖的"二重唱"惊响新疆大地,掀起一浪高过一浪的"达瓦昆热",当在情理之中。

达瓦昆,祝您好运。

胡杨的姿态

刘学杰

　　我多次跋涉沙漠，多次看到了胡杨。它的枝叶不绿、不嫩、不密，刚到初夏便满头黄丝，未老先衰了。似乎它从未年轻过，残暴的风沙在它摇篮期就把它修炼得早熟，立马横刀在沙漠前沿。它无法年轻，必须急速跨入饱经风霜的征战营帐，方可保护自己。沙漠与沙尘暴的对手应当是老到而又狡黠的。胡杨牺牲青春，以少充老，是环境所逼！

　　天下胡杨大都生长在中国的新疆，而新疆胡杨又大都长在塔克拉玛干沙漠的西缘和南缘。塔里木河畔因了水的关系，胡杨林姿肆疯长，构筑了一道道绿色屏障。这里其它树种鲜有存活，一色的胡杨林黄黄绿绿，与茫茫沙海、漠漠长天组成一幅幅层叠错落、神秘莫测的大写意。如今，我就在这幅"画"中，徜徉其间，感觉真好，造物主慷慨地把这般美妙的风景赐予了我们！

　　胡杨的自我求生能力无以伦比。它总是变着法儿活下来，当水分充裕时，它的树叶变成了阔叶，树冠葳蕤；当水分匮乏时，又变成尖细的针叶，树貌清瘦，以最大的限度降低耗水。当长期的干旱而至时，胡杨又割筋伤骨，自动将树叶脱净，形容枯槁，人们以为它死了。其实,这是以死待生。不论等待几十天几百天,只要有限的雨滴落下,它便缓缓地死而复活,再长出新叶。如此变脸的树木,恐怕全世界绝无第二。这是胡杨的护身符,也是它绵延不绝的秘密。人们常说,胡杨一千年不死,死后一千年不倒,倒后一千年不朽。我说胡杨三千年不死,只要灵魂不死,就会永远不死。胡杨不言死,胡杨不会死,胡杨不能死。

胡杨本生不献媚,不争宠,不张扬,勾下身子,默默做事,日日夜夜,迎风斗沙,既无在公园里供游客赞赏的舒适与风光,也无田埂边让农民纳凉的怡然自得,更无被主人精心呵护的贵族气质,总是不哼不哈地任凭骄阳炙烤,风沙浸淫,"守心"不改,胡杨最富灵性和风骨。

胡杨因沙漠而存在,沙漠因胡杨而匹配,沙漠是胡杨的戍地,是沙漠成全了胡杨,养育了胡杨。胡杨不沉恋于沙漠的"恩情"执拗地板着脸过招,沙漠才有了一点清醒和收敛,不轻易将绿洲一气摧毁,不轻易将人类一口吞噬。于是,沙漠与胡杨的如影相随,相克相依,相生相死,成为不同心却同伍的患难对手。沙漠永存则胡杨永存,绝对的相斥和相对的共处,构成了永久的大漠胡杨图。

胡杨与人类谁伟大?当然是人类伟大。但沙漠放逐了人类,却不能放逐胡杨。和田的策勒县城曾三次搬家,三次大退却,显示了人类在沙漠面前的无奈。沙漠与人类的较量中,人类不是胜利者,至少目前还不是,愈来愈烈的沙尘暴即是佐证。是胡杨拯救了人类。若不是它经年累月地"围追堵截",策勒人仅仅是三次大搬迁吗?我们还能安然入睡,尽享人间的欢乐吗?

胡杨活下来就是一桩奇迹,这从它生存的姿态足见一斑:树梢枯萎,树杆皲裂,似奄奄一息的垂暮老人同死神作最后的拼争;树身被风吹歪,通体凹凹凸凸,像一位重度残疾者,也不向"风沙魔王"叩首求怜;树干葡匐在地,树枝稀三疏四,仍用一丝气息阻遏着沙的推进;树早已成为木乃伊,浑身千疮百孔,却神态端肃,似忠贞如铁的大将军拔剑相立……

胡杨不论站立、斜卧、倒地，都保持着迎击的姿态。这姿态绝不是装模作秀，那是它精血的坦露！

胡杨不会有好模样，它只能以呲牙裂嘴的魔鬼之容与风沙对垒。婀娜多姿、钟灵毓秀这些美妙的词汇与它无缘。上苍赐予它别类模样，也就同时赐予了它与风沙抗争的使命。

胡杨的姿态不是学来的。它要在死亡地域求生，必须从小取此种姿势。懦弱，退让，乞怜，等于把绞索套在了自己的脖颈。胡杨的姿态是求生的本能，是凶顽的沙漠畏惧它三分的利器，是任何植物无法仿效的"惟一"。

我们能无视胡杨的姿态吗？

土屋藏秀

刘学杰

进入21世纪,喀什噶尔虽然面容大变,但老城依旧,古朴之风随处可见;土泥巴屋鳞次栉比,土手工作坊叮叮当当,土织布机嗡嗡转动,土碗陶罐仍有市场,民间艺人街头弹唱……这是《一千零一夜》中的场景吗? 不,它是喀什噶尔。

瑞典东方语言学家贡纳尔·雅林曾两次到喀什噶尔,"我很遗憾,我呆在那里时,没有花更多的时间去探视喀什噶尔的神秘面貌……但我现在还仍然保留着一些笔记,记下了喀什噶尔所具有的《一千零一夜》的氛围。"

也许是离海洋最远,也许是封闭太久,也许是地域文化的顽固,此地的中世纪面貌仍然很清晰。人们独恋着土屋、土楼、土巷,对生存狭地情有独钟,"金窝银窝,比不上自己的土窝"。

在由亚瓦塔、恰萨、吾斯唐博依古巷密织而成的喀什老城,居住着十多万人口。他们住一色的泥巴楼、土坯屋,大都是老祖宗手里的遗产,有的房屋达五六百年。因土地狭窄,有的土屋上摞土屋,有的小巷上盖过街楼,远远望去,叠床架屋,嵯峨参差,土色交错,宛若古堡。土屋楼既不同于土家族的吊脚楼,也不同于白马人的石板楼,自散土韵,蔚成独势。

想不到人们用最廉价又最珍贵的黄土,为自己精心营造了老城,老城也责无旁贷地养育了一代又一代人。一代又一代的人欢天喜地地在深巷中过日子,未嫌弃过它,鄙视过它。2002年,老城改造令部分人家统一迁往政府新建的宽敞明亮的水电暖齐全的公寓。住到这里就如进了天堂,但动员迁居工作难度大。习惯于土楼土屋土炕的人们,难舍难离旧居。热依罕大娘和她的3个儿女在老城住了30多年,算是小字辈。搬迁那天,老人抱着那根脱尽漆的梁柱哭了起来,嘴里喃喃:"老宅呀,你供养我们几十年,你墙上有几条缝缝,我们都清楚,实在不愿和你分手啊!"

木台尼甫是街办的一名干部,他搬迁新居遭到了父亲的阻拦。

当晚12点,睡不安稳的父亲又向儿子细细地诉说了"院史":"这院房是老祖宗开创的,有220个年头了。起初啊是5间平房,后来嘛上面又加了5间,成了土楼。掐指头算算,从这个土窝窝里生出了38个后代,房子土啊破啊,可人丁兴旺,活得自在……新房说啥我不去,我就是死在这里也情愿!"

儿子好说歹劝,老人听不进一句。木台尼甫情急之下,使出了"杀手锏":"你不搬,是我的错,我在街办能抬起头?明天我只好打辞职报告了!"

老人看重儿子的那个官,心里忖思:我家两代人才出了一名国家干部,不能把儿子的前程断送在我手上。横了心:搬就搬!

古尔帮节前夕,我去探望库纳克巷的阿巴斯。这位70多岁的老人拥有一个小院,建在高高的崖坡上,地形狭窄,房屋的前墙紧贴在崖壁,两层土楼好似融入土崖,清一的土色。从后窗朝下望,断崖绝壁,似乎脚下悬空,不由地叫人连连后退,我担心老人睡在这屋是否安稳。小小的独扇窗是木头本色,粗细不匀的十几根杨木檀条展露着百年沧桑,外墙被风雨剥蚀出一道道凹形长印,似在诉说着不平凡的磨砺。

这天正好立春,太阳暖烘烘地照射在屋墙,让乏味的土色染了一抹金黄，添了几丝神秘。阿巴斯右腿有点跛，步履蹒跚地把我领进"会客室"。"会客室"无一张桌椅板凳，地上铺满了两片红黑相间的羊毛毡，羊毛毡中间铺一块粉红色大餐巾，七八个小碟里摆放有沙枣、葡萄干、石榴等果品。我席地靠坐在北墙根，举目环视，3面墙上约有20个大小不等的壁龛空空如也，不似有的人家每个壁龛都摆放得密不透风，给人一种显示摆阔弄富的造作。屋子内墙是石膏混合淡青油漆刷过的，光洁之中显示着典雅。

因为只有一个很小的独扇窗户，屋内光线昏暗，不是房顶正中开一扇天窗，白天也得开电灯。从天窗投进的一束光柱钢蓝钢蓝，屋内陈设便镶了一层光环。与房屋外观相比，这里堪称富丽堂皇。老城人不约而同地恪守着一个原则："外拙内秀"，阿巴斯也不例外。再看走廊下的两面墙，被分割成八大板块，每个板块是精心雕镂的砖花图案，有葵花状、石榴状、几何形状，件件吐韵，幅幅胜境。老人不无得意地说："工匠干了3个月，够后代们受用几辈子了！"

也许上上下下左右皆"土"，老城人最大限度地消减着"土气"追寻着感官的平衡。于是，女人们个个打扮得如花骨朵般，大红、大绿、成了穿着的俏色，即使六、七十岁的老阿娜也是什么颜色艳丽就穿什么颜色。流动的鲜艳色块，分割着、化解着、抵消着乏味的土色；土院土屋不时传来女人夜莺般的笑声，越发叫土屋水灵灵般可爱了。

喀什女人最喜欢穿艾得莱斯绸裙，是因为它强烈的艳丽之色。鲜红、翠绿、孔雀蓝、杏黄、绽墨，无规则又有章法地似彩云飘动，华丽抢眼又不失高雅，穿着它走在土巷里，站在土墙边，住在土屋里，犹显喀什女人的娇美与婀娜。土屋需要艳色点缀，艳服需要土色相衬。千百年来，他们尽力打造并整合自己的生存空间，在狭小的土色天地里，冲杀出一条五光十色的路。于是，土屋藏秀便成了喀什老城建筑的传世之作。

留不住的褡裢

刘学杰

褡裢为何物？

——乃维吾尔族农家外出必备的搭肩口袋。这个用粗棉线织成的连缀的两个大口袋,可盛装不少的东西。真是一方水土有一方水土的道道,四川人兴背背篓,贵州人善挑担子,都是靠双肩的功夫,但给人一种沉负的压抑感。而维吾尔族农民将两个口袋一个在前一个在后搭在肩上,免了扛驮之苦,还腾出了双手,若想悠着点儿,骑上小毛驴,"得得得"地云游巴扎,岂不快哉乐哉！

褡裢成了维吾尔族农民身份的标志。

即使无啥可装,空褡裢在肩,心里也踏实,不准隔会儿有物什到手,什么时候都可派上用场。

褡裢是艺术品。它与粗拙的搭合(麻袋)不可同日而语。褡裢是家庭作坊中出自女人之手的线织品,大多以白线绳为底色,间缀以彩色棉线。用红线绳、蓝线绳、绿线绳、黑线绳、黄线绳构成条形图案的褡裢,塔在男人肩头,犹如彩云绕身,妙不可言。不管内装何物,外观大器儒雅,还有些许神秘,叫你颇费猜度,留下几分悬念。难怪人们对褡裢的关注往往超过对人的关注。

褡裢既是"百宝箱",又是"连心袋"。等候在村口、院门的"克孜"(姑娘)盼"达当"(父亲)捎来五彩绣花线,妻子盼丈夫买回几尺艾得莱斯绸。小巴郎馋涎的是好吃的芝麻糖果……沿大炕坐定的当家人笑眯眯地往褡裢里掏啊,掏啊,每掏出一件,便引来一串笑声。掏出的是欢乐,掏出的是希冀,苦难中的安抚,辛劳中的补偿,骨肉间的维系,甚至于生命,几乎都装在褡裢里了。这你就清楚了维吾尔族农家为啥离不开褡裢的缘由。

啊,褡裢陪伴维吾尔族农民度过了百年千年,走过了千里万里,斗转星移,白云苍狗,载过辛酸,装过欢欣。二十八载的改革,新疆大地巨变,田陌苍翠,稼穑殷盛,丰收之果快把褡裢撑破了。农民正想叫褡裢威风八面时,它却悄没声儿地躲了起来。于是,我这个老新疆纳罕不已,极力回忆着它当年的光景。

——骑小毛驴、背着满满当当的褡裢,唱着《"萨拉姆"毛主席》去北京见伟大领袖的维吾尔族农民是何等神气。

——背褡裢苦苦蹒跚在戈壁,唱着维吾尔族民歌的耕耘者是这般的旷达神定。

——从巴扎返回家院的路上,一群农民夸耀着谁的褡裢里物品丰富的笑声是那样的纯朴欢欣。

如今,这些镜头很少见了。

毛驴板车的普及,使褡裢的功能丧失了大半,中巴车的四通八达,又把褡裢推向了"英雄无用武之地"。

褡裢,你还能显露在乡间吗?

我的声声呼唤,未能将它召至面前。我怅忧无着了。

每每看到众多穿西装、手提现代包的农民,我便与之生分起来,疑惑起来:这还是祖祖辈辈肩背褡裢、骑小毛驴的维吾尔农民吗?

看,我又犯傻了不是。时代演进了,让穿西装的农民肩头背一条土不拉几的褡裢进城,成什么景致? 先进取代落后乃天经地义。能让农民撇开洗衣机折回河坝里洗衣服,能让农民不坐中巴仍骑小毛驴逛城？看来是我幼稚可笑了，而与时俱进的农民最懂得如何生息。此时此刻，我仿佛听到了大漠农民初涉市场经济大海的弄潮声。褡裢的退出是自自然然的事。

那么，从肩上卸下的一件件褡裢去了何处呢？或成了墙上的"休闲之物"，或成为炕头上女人的妆袋，或成了墙旮旯处的老古董。凭它悠久的资历，或许会在历史和文物展览馆里占据一个位置。它已不是当年的它了。从长期受宠到备遭冷寂，无怨无艾，无声无息，它就这么走了。

几千年的熟悉之物就要消失，我还是有些惋惜。未曾料及，我想留住它反成了为它缠绵的送行，咀嚼其况味，我顿然释怀。

褡裢，你走好。

春雨呢喃在精神的边疆

郁笛

今年的春天是一个例外。

往年春季里很少下雨的乌鲁木齐，忽然有一场规模小小的春雨降临，给那些习惯于在不知不觉中进入夏季的人们一个小小的惊喜。这样的时刻，我却必须要下楼去，到车站接一位很少进城、对这座城市的相当标志性建筑几乎一无所知的朋友，去履行自己几天前的一个郑重承诺。我肩头扛着一把装腔作势的雨伞，行走在一条路人稀少的街道上，不时被那些急驰而过且又避之不及的小轿车溅一些泥水在身上，却丝毫也不能影响我对这个春天里因为这些雨水的到来而潮湿的感动。我是一个多么平凡的人物呀，我内心的潮湿和温润，一方面是因为这场不期而至的雨水的到来，另一方面我还感动于自己这么多年来一直保持着对内心生活的不倦和执著。我想，对平凡事物的亲近和感动，使我有能力抵抗一场雨水的侵袭，也使我有足够的心理承受力，去面对那些大行其道、旁若无人的车轮和泥水的泼溅。

就是这样，当雨伞作为一种形式上的道具伴我行走的时候，我一身泥水地出现在那位在雨中坚守的朋友面前。当我们结伴而行的时候,他一定也为我的形象感到了最为彻底的无奈和尴尬。其实,我在内心里尴尬着的,是一位远在南疆喀什的写作人,一位自誉为"盲流作家"的青年人谢家贵。

如果我能够以一个自不量力的"城里人"的眼光,来审视这位在近二十年的"盲流"生活中积聚了过多精神能量,并由于某种身份的改变开始进入到城市生活里来的小说家的话,那么,我的尴尬便是毋庸置疑的。因为经我现在的识读力和既定身份,既无法透过现有的资源来廓清一个"盲流作家"的生长过程,又无法进入其已有文本中所能提供的精神线索,满足自己过于猎奇的心理欲望。我用不了短的时间来阅读谢家贵以及他的那些小说和散文作品,后来我发现,我所努力寻找的那些所谓的一个"盲流"的人生图景,在谢家贵这里,可以说应有尽有了。而他到目前为止所能提供给我的精神图像却又是驳杂的、粗疏的,有一种明确之后的茫然景像展现出来,从而也使我自己的言说陷入了进退两难的境地当中。不过,我依然从这场不期而遇的春雨中获得了某种神谕和暗示——那就是一个"人"的生长,所必须穿越的岁月的泥泞。

谢家贵1962年出生于湖南沅陵——那是一片对我个人来说完全陌生却又是可以被某种共同记忆所感知的乡土。我所感兴趣的是,一个当过村委会主任、乡团委副书记并在县文化馆的油印刊物上发表过诗歌的"知识"农民,在上个世纪的八十年代后期,"盲流"来到南疆兵团某团场的打工生活,以及他后来能够从众多的"盲流"兄弟中脱颖而出,并一步步接近自己人生梦想的传奇经历。

我在前面说过,在谢家贵的作品里,尤其是其早期的某些作品晨,有一种驳杂的、泥沙俱下的迹象,一种在急切中被还原的"生活",一种朴素中沾带着泥土的苦涩的芳香……甚至,可以想像他在完成这些精神"产品"的时候,内心中积聚的情感体验和完全迥异于故乡山野的边地生活,是怎样毫无秩序地进入到他的写作之中去的。这样的印象,或者说,这些过渡时期的作品,大多集中在那本名曰《天堂纪事》的作品集里了。谢家贵给自己起了个"笑难"的笔名,似乎是过于严酷和"逼真"的生活经历,才有了谢家贵那些在我看来有些勇敢和"无畏"的精彩呈现。有的时候,人作为一种过于情感和复杂化的存在,真也就变得越来越难以言说和羞于言说了。甚至也很难想像,在喀什这样一座蕴藏着过于久远的历史信息的古老城市里,一个暂时还无法对现实生活保持某种必要距离的"盲流"者,他的诉说是否显得过于急切和忽迫,他的那些在言情叙事中还来不及"艺术化"的文本里面,是否携带着一些我们在进行艺术的审美时所真正需要的东西呢。

我想,对于谢家贵而言,写与不写是至关重要的,至少在目前的这个人生阶段上。有时候改变一个人的命运,比改变某种艺术的行为法则显得尤为重要。因为你面对的是一些比你自己的想像还要丰富一百倍的现实生活,因而我觉得过分地以一种理论和体系化的东西去调整和评价一位总在和"生存"挑战的艺术者的行为是不够人道的,也是荒谬的和不够真实的行为。

但是,我依然以为,在拥有了一定的数量和相对安定的生活之后,必要的沉淀和过滤还是必须的,对谢家贵来说也是一个十分紧迫的问题了。假若我们还不能够对已经发生的历史做出自己的判断,而作为这一历史进程的参与者,我宁愿在时间的缝隙里等待着"意义"的显现,或者说,在必要的时间和必要的空间里,给自己的心灵世界寻找一些预留的可能,或许对于我们今天的"写作"能够成为明天的"阅读"会产生一些积极的和有意义的作用。

迄今为止,谢家贵最为人们称道的作品,应该是那篇发表于2001年第五期《绿洲》头条的中篇小说《沙暴》了。或许,对于谢家贵个人而言,这部小说的出现是一种标志。《沙暴》不仅成功实现了作者超越生活的某种可能,并真正在文体的意义上完成了小说这一艺术形式的个人构建。我想,有了这样的经历之后,谢家贵才真正为自己的文学前景垫下了一块坚定的基石。

其实,就《沙暴》而言,作为一篇更高意义上的文学作品,其显而易见的"硬伤"还是客观存在的,过于平稳的叙事结构和过于"对称"的矛盾冲突,以及人物性格的平面化都给人一种似曾相识,或者说是承袭着某些文学定式的印象。好在这场突如其来的"沙暴"以其特有的方式包融了一切,使其成为兵团新时期以来垦荒题材的一个寓言式场景。这也是这部小说出现以来,受到人们普遍关注的一个重要原因。因为在当下城市化浪潮正日益吞噬着我们留存在荒漠上的那点绿洲之时,人们在感叹之余似乎并未见有人付诸于真正的行动,也正因为如此,这样的小说由谢家贵这样一位"盲流作家"来完成是具有特殊意义的——"城里人"的麻木和无奈,才凸现了那些保留着生活原生态的作家和作品的价值。在日趋荒凉的"边地生活"中,《沙暴》的象征意义甚至超出了它的文本意义。

我想,在接下来的日子里,谢家贵应该有足够的时间来调整自己,甚至是用来处理在以往作品中的技术性问题了。因为我似乎能够感觉到他在一段时间的劳作之后,以"歇息"的方式再一次"运气"的声音,有某种急切中平缓下来的心态正在等待时间缓解。事实上,包括角色的转移和心态的调整,对于每一位进行中的创作者而言,都是必要和必须的。努力避开浮躁的喧嚣,寻找并进入自己心灵中恬静的精神家园,难道不也是每一个在满足了一定的物质条件之后的俗世人生所面对的吗?

由一场春雨中的尴尬行走,引发了我对于谢家贵文学乃至我个人人生的诸多思考,这是我始料不及的。其实,谢家贵远在南疆的喀什明媚的春阳下,过着自己艰辛而不无快乐的生活,我的这些片言只语,在多大程度上或者能不能够影响到他个人生活,完全是一个不必要回答的未知数。每一个人都有他自己的人生法则和不可更移的终极选择,我的本意也决非是要谢家贵的创作和生活产生什么所谓的影响。我关注和感兴趣的问题,仍然是谢家贵这个人的独立存在和人生的快乐。一个人,穷其一生所能够完成的,我想也只有这些了。而一个"人"和另一个"人"的联接和交往,又构成了这个大千世界不可逆转的方向和最为瑰丽的色彩,其巨大的丰富性和不可认知性,成就了我们人生的全部意义。由此而负载的一切可能,我想早已超越了我在这春天的城市里所能遭遇的雨水。

是的,一滴水太珍贵了。它来自我们可知的另一个世界里,携带着宇宙的体温和时间的情感,它跨越的是多么漫长的时光的遂道,它来到我们的面前,浇湿了我们在尘世里的一切幻想和可能的存在,提醒我们注意一下内心的潮湿和不必要的干燥。

似乎也用不上"感恩"这样的词汇,雨水说来就来了,在干旱的边疆地区,雨水还使我们在潮湿的季节里,生发出一个人对另一个人的怀念和思想,我想,这有多么重要。

红柳礼赞

李婷婷

夕阳西下,眺望远方,触目所及的是黄,让人感到了大自然对生命的严酷。难道只有单调的黄?不,与黄相伴的还有点点绿意,那是红柳的绿,为了它,在我绵长的心灵历程上,感动的情绪使我彻夜难眠。

红柳——是生活在戈壁滩中的一种倔强植物。高温渴不死它,低寒冻不垮它,盐碱无可奈何它,仅有的是在生物界显示生命的大起大落。它矜持地选择了戈壁,在这拒绝生命而又十分想尝试的死亡之海。多么普通而平凡的红柳啊!红柳,植株很矮,枝干较细,比起白杨,比起劲柳,它简直是多病的侏儒。它的叶与众不同,不是片状,而是呈颗粒状,紧紧地靠拢在枝干周围,在植物王国里属名不见经传的品种。就这样,就这样一株挨着一株,形成沙漠中一大生命神话——红柳滩。

每当狂风大作,沙石暴唳,肆虐的狂风卷起阵阵沙尘,凶猛地扑向它们,就像枪林弹雨,但此时你可千万别小看红柳,它们会紧紧地团结在一起,任凭风把它们吹得前俯后仰,也永远那么刚毅,那么坚不可摧,即使风有排山倒海的气势,也奈何不得它们。

　　每当旱魃袭来,处处干躁,处处烫手,整个沙漠像烧透了的砖窑。四周是刺眼的白光,让人感到窒息,一些似云非云、似雾非雾的热气低低地悬浮在空中,让人感受不到一点水汽的存在,这不仅使人发疑,此时的红柳能留得住它的绿吗? 面对着干旱,红柳把根扎得更深,叶片比以前更绿了,更为出奇的是在绿绿的针状叶上长出了一篷篷的小红花,像张张欢笑的脸。旱魃有化神奇为腐朽的魄力,但红柳不怕它,它自有傲然怒放的气概。面对它,沙漠节节败退,草原步步延伸,气候湿润多雨自不必说,花香鸟语不再是稀罕事了。

　　亿万年前, 在这片被号称春风不度之地, 或许就有一种生命(如红柳),凭着祖祖辈辈遗传的牢不可摧的坚强信念,作为生命流转的一个驿站,生命繁衍的一个时空信息,海枯石烂、度日如年地等待着另一种生命的接纳, 哪军垦第一犁拉开了一道艰苦卓绝的风景,此时此刻它就是一部沧海桑田的历史,一部记录亿万年生活的磁带。

　　常常托腮沉忖,要是没有红柳,虎视眈眈地边陲野风不知要掘地几尺才肯罢休! 要是没有红柳,荒漠难有片片绿洲。

　　多好听的名字——红柳。看到它们,你难道没有想到那些战天斗地的兵团人吗?

失落的伞

李婷婷

这把伞,只有半截伞柄,几根伞骨外翘着,伞面黑不溜秋让人看不清是花纹还是污点。它好像就一直塞在办公室那个角落里,无人问津。

一天上午突然下起了倾盆大雨,正在安静工作的人们骚动起来。

小李大喊:怎么办才好?下这么大的雨,我还怎么去银行办事呀。

带眼镜的先生说:是啊,我不能到办事处拿报表了,这鬼天气!

年事稍高的老韩也在叫:这下糟了,我还要去接孩子啊!

怎么办呢? 三个人你看着我,我瞧瞧你。

大家心里都在嘀咕:哪怕有一块能遮盖头部的塑料布也行啊!

于是三个人忙着找塑料布,一直找到那个角落。

伞! 三个人几乎同时看到又同时说出口,刚才的沮丧顿时跑到爪哇国去了,争先恐后地抢着去拿那把伞。

小李从老韩手里夺过那把沾满灰尘的伞开心

地说,我去擦擦。小李擦得很仔细,像擦她自己的皮鞋那样认真。

她撑不开伞,因为锈了。眼镜马上过来帮忙慢慢地撑,生怕弄痛了伞似的。伞撑开了,很不规则,像画错的圆。

老韩不知从哪找来几根线,耐心地将伞骨接好包扎上,像处理自己的伤口似的不含糊。

伞像一把伞了,三人高高兴兴地轮流去办事了。

下班前,雨停了。老韩最后回来,将伞很仔细地打开晾着说:"今天我们多亏了这把伞,我明天拿些铁丝来,好好地包扎。"

眼镜说:"是啊,该修修了,这伞还是挺管用的。"

小李也说,我明天路过修伞铺买个伞柄来……

第二天早晨又下雨了,小李首先来到办公室,将自己的花伞打开晾在破伞旁边,觉得有碍花伞的尊容,用脚将破伞踢到了一边。

眼镜来了,他撑开格子伞放在破伞旁边,觉得那破伞碍着他的伞了,便用脚将破伞踢了一下。

老韩也到了,发觉他的伞在地上放不下,就将那把破伞胡乱收了起来,又扔到了那个角落里。

老韩似乎忘了拿铁丝的事了,眼镜也忘了修一修的承诺,小李也没买来伞柄。办公室里,三个人照常工作,恢复了往日的平静。

人生驿站

李婷婷

峰和贞第一次见面是一个飘着细雨的夜晚：一开始，他就深深地喜欢上了眼前这个活泼、聪明的女孩子。他发现她就是自己苦苦寻找的梦中人。

峰个子不是很高，性格内向，属于只和熟人话多的那种，家里经济条件可以，自个作老板，贞圆圆的脸蛋，留一头乌黑的长发，周身洋溢着一种知识女性所特有的气质。在医院当医生，医术高明，业务上独当一面。

贞平日最喜欢的饮品是茉莉花茶。峰知道后，便经常带她去茶馆品茶，风雨无阻。贞说好她最喜欢茉莉花茶的那种带点清香的淡淡的苦味，他似懂非懂地跟着点点头。平日最讨厌喝茶的峰，也渐渐喜欢上了茉莉花茶的那种淡淡的苦味儿。贞是一个典型的事业型女孩，工作很忙，所以白天他们见面的机会很少。不过她又是一个很细心的女孩，每天晚上都忘不了给峰打个电话问候一声。

贞很健谈，也喜欢开玩笑，两人在一起的时候，她说一些笑话常逗得峰捧腹大笑，忧郁寡言的峰，在贞开朗姓格的感染下，话逐渐多了。自从与贞相识，朋友们说峰像换了个人似的。每天当亲戚朋友在峰面前提起他的女朋友贞时,峰都快乐得合不拢嘴。

又是一个飘着细雨充满浪漫的夜。这天贞的心情特别好,于是给峰打电话,让她一起去品茶,电话通了好长时间那端才传来一声"什么事?""没事就不能给你打电话了吗?"电话那端无语。"你现在来接我吧,我们一起去茶馆。"她告诉他。"天这么黑,再说外面还下着雨,有什么事明天再说吧。"他的声音很冷,不商容量。她慢慢地放下手中的电话,心里很不是滋味……

以后的好几个晚上贞都是一个人坐在茶馆。她的心里乱糟糟的,不知到底发生了什么事。这期间她没有接到峰打来的任何电话。后来一次很偶然的机会才得知,因为她的自信,因为她的要强,因为她太过出众的才华,让峰觉得永远都是她的配角,峰认为作为一个男人,自己在朋友面前是很没面子的。知道了这些之后,贞只是觉得峰的这一想法很滑稽也很可笑。

依旧是一个飘雨的夜晚,贞和峰如约来到这个充满温馨的小茶馆,两人对坐了好长时间,谁都没有说什么。后来,她买单。再后来,她把一个厚厚的信封交给了他。然后,贞很坦然地一个人走出了茶馆。望着她的身影渐渐地消失在黑夜里,峰缓缓地打开了信封,里面没有贞的只言片语,只有她细心保存的他写给她的207封情书。此时,峰的眼睛湿润了,心里禁不住有种淡淡的苦味,峰知道他最终还是没有把握住这个关键的人生驿站,可这一切已无可挽回,他永远地失去了与贞品茉莉花茶的机会,而这一切仅仅是因为那一点点所谓的男人可怜的面子。

好想回家

李婷婷

随着时钟的嘀答声,2004年春节的脚步愈来愈近,作为常年离家的游子,时刻敲击心房的是:回家!回家该有多好啊!在疲惫的奔波之后,可以在家好好睡一觉;在家可以得到妈妈轻声的安慰与爸爸的劝导。可是此时,这个理念的出现,却显得如此苍白无力,就是那么可望而不可及。

原以为,家是个笼子!爸爸的目光,妈妈的唠叨,就像一条挣不脱的锁链。因此这心,总是向往外面的世界、远方的天空。总觉得家太小太小;家好烦好烦。于是,在看天也忧,望地也忧的季节,我背着简单的行囊,不顾家人的反对,道貌岸然在踏上离家路。当车缓缓驶出那条大西巷时,我铁了的心似乎被什么东西触动了一下,忍不住回头一望,那一幕就这样定格在我的脑海里——永远。我心中不会哭的爸爸竟然泪流满面,因为我心里明白,我们姊妹五个,感情淡漠的爸爸只疼了我一个,我的叛逆行为深深刺痛了他的心。他怎么能不伤心呢? 妈妈被大姐扶着,好像已经晕厥了过去。可当时支配自己神经中枢的只是:走出家门,到外面的世界去长一些见识。就这样,背负着父母的泪眼和叮咛,到了万里之遥的地方。

离家的第一个春节,听着蔡国庆充满深情的演唱:无论多远多远的路程都要回家,无论多重多重的心事都要放下……在喧闹的年三十夜晚,我无法与他人共享这份喜庆,自己却独自沉浸在纷乱的思绪之中。妇像过去、现在、未来的一切都不复存在,我不知道自己从哪儿来,要到哪里去。我轻轻地闭上了眼睛。哦,想起来了,去年的春节我还在家里;可今年的春节我不在自己的家,不知爸爸妈妈是否安康?塞外有别样的风情,巍巍天山莽莽昆仑,却不曾想到有一种无形的东西会无情地侵蚀我的心灵,直叫人辗转反侧,难以入寐。我不仅责骂自己竟是这般的软弱,甚至对绵绵不断地向我袭来的思乡之怀束手无策。

白天,我在为生计而奔波,无暇顾及长长的思念;夜晚,在梦里,回家的路好像并不是很长,一步就跨到了那熟悉的门槛,拥抱已满头白发的母亲而泣。小时候最怕玩得尽兴时听到妈妈喊我回家,总是借故磨蹭许久才慢吞吞地往回走。现在我多么想再听听那声亲切的呼唤,再看看倚在门边焦急待待的那个熟悉的身影。如果真是这样,我会毫不犹豫地扑过去,承认我幼稚的错误。八年的悠悠岁月,终于使我明白,家是我撕心的思念和牵挂,风筝无论飞得多远,线的那头依然有爸爸妈妈和家。

师生情

李婷婷

　　我又送走了一批学生，心里好像丢了什么东西，空落落的。回想从初一到初三的整个过程，一件件往事又浮现在眼前，仿佛就在昨天，去年教师节那天晚上的事定格在了我的记忆中……

　　一轮圆月挂在天空，满天的星星眨着眼睛，似乎在对我说：教师节快乐！按理说，这样的氛围应该有个好心情，可是我没有。6年前，我远离了养育我的家乡，带着父母的牵挂，与一群和我一样刚毕业的大学生来到了新疆，6年的时光一晃而过。"每逢佳节倍思亲。"特别是作为一名教师在教师节之际、在这茫茫之夜，我想起了远方的亲人、朋友及同学，不禁倍生伤感：我来新疆干了什么？到如今属于我的又有什么呢？我心情低落到了极点，无心赏月，在仅有6平方米的斗室里，我依窗而坐，怅然若失、思绪万千……

　　突然，一阵敲门声惊醒了我，我惊喜之余忙去开门，来的是我几个学生，是平日里最调皮、学习最吃力、经常挨我训的几个孩子，不，是我的弟弟、妹妹们！他们提着大兜、拎着小包，满脸笑容地站在门外，我感到很惊喜，同时也觉得很意外。"老师，我们来看您,祝您教师节快乐!"顿时,一股暖流涌上心头,激动的泪水打湿了我的双眼。孩子们紧紧地拥着我,谈班里的事、谈父亲母亲、谈理想未来……伴我度过了一个快乐、幸福,而又不寻常的教师节之夜。

今生选择了教师职业,我不后悔,因为我收获着一份份沉甸甸的"师生情"。

仰望乡村

刘毅敏

　　是谁在我耳边说,红薯秧该翻第二遍了?那声音穿过城市林立的高楼,再次把我从睡梦中叫醒。我的心一阵颤栗。

　　是你吗?我的父亲?乡村的雨水怎么这么勤!杂草长得兴致勃勃,野花开满地头。我还要赤脚下到地里,让雨后潮湿的阳光照在我弓起的背上,还是这样吗? 父亲?

　　我捉鱼的小网兜兜你没给我扔掉吧?刚下过雨的小河,鱼儿浮出了水面,吐着小泡泡。还有插在谷子地里吓麻雀的稻草人在雨中倒了吗?

　　其实,父亲,我想对你说,我想回到乡村,真的。我想听听乡村的蝉鸣,听听雨后的蛙声;我想再用竹子制作一张弓,爬到树上去打鸟窝;我还想下到咱家后面的那条河里,去捞海螺。真的。

　　父亲,我想得最多的还是瓜地里的那间人字型瓜庵。我还想和你一起晚上睡在里面,让月光照在散发着泥土芳香的稻草铺上,听静夜里的虫鸣。明个我就不用去地里掰苞谷了吗?苞谷叶子哧啦啦地叫着,把我的手臂都划破了,还有脖颈,脸上。

　　我不知道为什么,父亲,在那个贫寒的秋天,面对无数黝黑的脊梁,你要我挣扎着走向城市。

父亲,你不知道,此时我发现我并没有因为走进城市而停止挣扎。

面对干旱的城市,我常常焦虑不安。父亲,我常常像庄稼似地渴望雨水。我坐在钢筋水泥办公室里,从没有停止过遥远的幻想……

我怀念咱家的小院,母亲每年都把它种满会爬秧的蔬菜,吸引了那么多五彩缤纷的昆虫和蝴蝶。我也试着在城市里找了点泥土,种了些母亲种过的会爬秧的蔬菜。我耐心地等待,等待了一个长长的夏天都没见它从泥土里出来。

我知道,城市不是长庄稼的地方,可我放不下能看到长庄稼的幻想。我用乡村孩子庄稼似的思想去对待城市,对待人,几年来听到的都是钢筋水泥一样的回音。

父亲,带我回到乡村吧!我已仰望得太久。

是谁又在我耳边说,红薯秧该翻第二遍了?

在路上

刘毅敏

刘雨田来了,这位被世人称为中国第一位职业探险家的老人,在他60岁的时候来了,他要再次向自己的生命极限挑战:他要第五次穿越1500公里长的"死亡之海"塔克拉玛干大沙漠!他选择了麦盖提作为自己这次探险的起点,他想用自己的行动为南疆留下点什么⋯⋯

沉默寡言的刘雨田仍然留着长长的头发,脸庞清瘦,穿一身黄色的短袖T恤,一米七的个头,看起来仍充满活力和激情。笔者采访之初,谈话很难进行下去,与刘雨田同来的北京音乐制作人李依悄悄告诉我,中央电视台采访刘雨田时比我还难,后来白岩松和他一块不停地喝啤酒,才顺利完成采访。笔者是幸运的,当刘雨田得知我是河南省驻马店人时,这位出生在河南省长葛县的老人一下子与我拉近距离:刘毅敏,刘雨田,一定有缘份。

刘雨田,1942年2月26日出生于河南省长葛县,原是新疆铁路机关的一名宣传干部。1984年,面对美国人罗伯特·斯柯达要步行长城的挑战,他毅然舍弃了一切,开始徒步万里长城。经过一年的艰苦跋涉,完成了世界上第一个徒步走完万里长城的人。从此以后,他徒步丝绸之路、黄土高原、三次探险新疆罗布泊,三次试登喀喇昆仑山,考查神农架野人,四次穿越塔克拉玛干……至今完成了85项旅行探险,行程近10.5万公里,2000年6月被联合国教科文组织定为世界十大探险家之一。中央电视台《东方之子》两度报道其人其事,港、台以及世界数百家新闻媒体对其进行报道,其文《长城万里行》被编入中学语文补充教材讲读课文……

刘雨田说,一个人的生命是曲曲折折的,但从生到死却是一条直线,生命的质量和意义才是关键……在与刘雨田的交谈中,这位探险老人不时说出一些哲理性的语言。这是太多的生与死的记忆留给他生活的沉淀。他曾多次在探险中绝处逢生。1987年4月11日,他在准备不足的情况下动身穿越塔克拉玛干沙漠,遇到了"白色风暴",气温下降至零下36度,他全身严重冻伤,下身溃烂,幸好被驻军发现并送到医院。在医院他被诊断为:严重败血症,只能锯掉双腿!就在此时,他听说法国人要穿越塔克拉玛干沙漠,便从病床上坐起,继续向"死亡之海"进发。奇迹出现了,刘雨田在重新回到冰天雪地里一个多星期后,病症竟悄悄地消退了。在进行至全程三分之一路程时,刘雨田再次面临了生命的挑战。已迷失方向的他于始断水断粮,全身出现水泡,血管下陷。他寻找一切能吃的东西,他不得不平生第一次接了自己的尿,闭眼饮下……后来,刘雨田被当地的牧民救出,原本体重71公斤的他仅剩52公斤……从此,他不再惧怕死亡,因为他看到了生命的本色。

刘雨田对塔克拉玛干沙漠似乎有解不开的情结,60岁了,在炎热的7月底,他要再次穿越这个"死亡之海"。他说,他就是要在这个季节认识"死亡之海"的一切,另一方面,他想纪念瑞典探险家斯文赫定逝世100周年。他想悄悄地来,悄悄地走。与他同来的一位摄影师王兴与刘欣为老人捏了一把汗。他们担心老人这一走会像余纯利那样再也没有回来。他们希望能为老人找到几峰骆驼陪他穿越沙漠。在他身上,记者感到有一种悲壮,还有一种说不出的民族自豪感和爱国热情。他不多的言语中露出不屈的韧性和牺牲精神。我问老人走完塔克拉玛干沙漠后还要走下去吧，老人肯定地说："我的生命在路上，只有不停地走下去，才会找到自己。"

"历史选择了我，我选择了苦难。"刘雨田说，靠着这种苦难的积累，目前已写下了二百多万字的探险日记，拍摄1万多张照片。这是他的财富。刘雨田已经上路了，我知道，当我们如同行者奔波于世时，他已经穿越了心灵的沙漠……

吾斯塘博依写真

刘毅敏

　　十几年来,我无数次走过的时候,心里总是被什么东西塞得满满的, 但我从来不敢对它说三道四。住在吾斯塘博依小巷中的一位"吾斯达"(维吾尔语师傅的意思)告诉我,他爷爷的爷爷就在此居住。我知道"吾斯达"说这话的含义,他在用历史的悠长证明着什么,或者是在向我暗示着什么。吾斯塘博依是悠长的, 吾斯塘博依两旁的小巷更是悠长的,这种悠长包含了太多的深奥……

　　吾斯塘博依全长近1公里。在维吾尔语中,吾斯塘博依有"水渠边"的意思。但是走在吾斯塘博依街道上,我没有发现任何"水渠",我想,即使很久以前有,现在也可能已消失了吧?吾斯塘博依的街两旁, 到处是此起彼伏的具有很强民族特色的民居,这些民居沿着悠长的小巷一直延伸到很远的一个黄泥高台处。在小巷的深处时常可以看到有提水的维吾尔族女人和孩子,女人穿着艾得莱丝绸,显得很丰姿绰约。

　　在吾斯塘博依, 给我印象最深的还是那些大大小小的店铺。这些店铺以出售手工艺品为最多,店铺门前打扫得干干净净, 始终像刚洒过水的样

237

子。店铺内银光闪烁,有华丽昂贵的花瓶,有独具风情的烛台、水壶、托盘等,据说这些东西有很多是从巴基斯坦或者土耳其进来的。此外,还有卖小刀的店铺、卖花帽的店铺、卖乐器的店铺等等。令人不可思议的是,就是在这条充满了古朴色彩的商业街上,有很多店铺的名字却起得很时代化。比如,什么"新世纪澡堂"、"现代工艺品店"等等,名字虽然新,但总给人一种怀旧的感觉。还有一个现象就是有很多店铺直接用人名命名,比如"克里木理发店"、"阿地力江修理店"、"古丽针织品店"等等。我曾问过一个"吾斯达",为什么有很多维吾尔族人的商铺都喜欢用自己的名字命名。"吾斯达"笑着对我说,维吾尔族商人做生意非常讲究诚信,有什么服务不周的地方,客人按名字就可以找来。而且维吾尔族商人对自己的名字非常看重,名字叫得越响亮,生意也就做得越红火。我相信"吾斯达"的说法。一个人生活在社会中,名字理所当然地成为了在社会中存在或者说是价值的符号吧。在吾斯塘博依,我对年轻的小伙阿地力江的行为有些不理解:每天太阳升起来的时候,阿地力江都会把他的摩托车擦得光亮,然后骑着它从吾斯塘博依的街东跑到街西头,其实也没什么事干,就是骑着摩托车瞎转。没有摩托车的巴郎子告诉我:那是阿地力江在炫耀他的车,他还有他的想法:每当小巷深处有长辫子的姑娘出现时,他的摩托车就骑得很慢……

也许是吾斯塘博依独特的民俗风情比较集中的原因,近年来,有很多外地游客来喀什,都喜欢手提相机往吾斯塘博依小巷里钻,一逛就是一天,乐此不疲。聪明的吾斯塘博依人很快反应了过来,于是,便有了定点旅游民居的牌子挂在了吾斯塘博依街的两旁,据说还很受游客的青睐。目前,吾斯塘博依正在进行开发,今后更是风光无限:它不但是一个展示维吾尔族风情的地方,而且也是展示现代风情的地方,这样的地方不吸引人才怪呢。

吾斯塘博依的故事很多,就像那悠长的小巷一样,永远没有人能讲得完。我想,只要有机会我就会经常去那里看看,感受那种生生不息的生活气息,感受那种让人思考的纯朴画面。

新疆的山

黄山

天似深渊，诱惑山亿万年前从海底执着地隆起、隆起……但世上没有一座大山的心是飘泊不定的，没有一座大山不是从容不迫的，没有一座大山不在思想，也没有一座大山找不到自己灵魂的栖息地。山，永不疲倦地高昂着头颅。

当尘世喧噪的杂音刺入你宁静的心房时，何以解之？我想，品味一下新疆的山吧，或许它可助你忘忧。昆仑山雄浑、奇伟、静穆、苍茫，气势恢宏；天山巍峨、冷峻、高洁、逶迤，延绵不绝；阿尔泰山悠缓、润泽、生气、富足，美丽丰饶……

新疆的山气势磅礴，使人想起远古的圣哲和修行的大师，他们神情淡定，意志坚强，智慧超群。古代的圣贤已走远了，大山却依然在那里苦修。大山延绵在新疆各处，占新疆大地面积的三分之一还要多。它们都拥有一种庄重的美。新疆的山雄伟浩大，才造就了像塔里木河、额尔齐斯河、伊犁河那样气象不凡的大河。

远距离欣赏新疆的山，你只须抬起头，屏住呼吸，用眼睛和心灵向高远的前方寻觅，你一定能如愿以偿寻到那如今生约定好似的雪峰。如同远距离注视自己心爱的人儿,你无须详察,就能感应到她的存在、她的气息以及她举手投足间的喜悦和忧伤。新疆的山赐我以朴实的力量,教我倾听天籁,使我学会了欣赏一种高度。无论是险峻的峰峦、树木、每一朵野花,还是老鹰、小溪和太阳风的音乐,都蕴含着新疆的山的品质。

新疆的山沉静而不落寞,没有庐山、黄山那么清丽,因而也没有小家子气。中原、南国的山却给我留下大同小异的感觉:精致、秀气。看惯了新疆的山川河流大漠冰峰再看内地的山山水水,总觉得是在观盆景,小气自不必说,许多人类雕琢的痕迹反而破坏了自然的美感,美中不足·

在天山脚下出生的我是幸运的,天山的品格渗透进我的童年和一生的生命旅程中。夏秋一夜,山下花前赏月,别有风味,又大又圆的月亮,诗一般升浮,浮动在天山上,正如李白诗作《关山月》中写的那样:"明月出天山,苍茫云海间。"天山深处有甘泉、清醇、凉爽而不寒肺腑,尽可掬一捧解渴。清晨,你还没有醒,五彩斑斓的鸟儿已在林间啁啾歌唱了。

天山高处及其缓坡地带则是另一番风景,1994年8月底,我在铁力买其大坂上用气体打火机点燃,点不着,用火柴才行。空气仿佛都凝结了。再往上就"望尘莫及"了,皑皑白雪之上,乍见冰川,疑是玉龙腾飞,鹤立亭亭,若高傲的美人般冷冰冰却令人感到回肠荡气,始信岑参边塞诗中描写的场景:"瀚海阑干百丈冰"。咳,岂只是百丈冰呵。

天山的头颅是托木尔峰。有人说若踩着天山之巅托木尔峰,就可以用手摸着天。这当然是艺术渲染。这让我想到诗人李白在《蜀道难》一诗中写道:"连峰去天不盈尺,枯松倒挂倚绝壁。"我在阿克苏生活的那段岁月里,不知有多少回在不经意间抬头眺望仙妙、旷达、逸定的托木尔雪峰,每回总感觉到有一种绵长的源自雪峰的浩然之气慢慢浸润了我的心胸。

那年月,我们地区电视台的同仁们常能拍出一些好片子。有的片子在中央电视台的《神州风采》节目中播出。1993年,也曾打算去温宿拍托木尔峰自然保护区的专题片,那里有绝妙的冰洞、冰塔、冰柱和奇异的高山森林、花草、野生珍稀动物,诱惑力太大了。后来由于多种客观条件和自然因素的制约,只能引以为憾。托木尔峰海拔7435米,美丽绝伦的高山之王雪豹就出没在海拔四五千米的托木尔峰半山腰间。雪豹是新疆所有高山上最大的食肉猛兽,连凶残的狼、大力士棕熊都得躲着它走。它常以野羊、猞猁、雪鸡之类充饥,却从不伤害"侵入"它地盘的人类。高山之王在人面前显示出它超凡的风度。

景色最宜人的山是阿尔泰山,它曾把夏日的美景展示给我们。驻足阿尔泰山地草原,使我熟悉了阿尔泰山的天空、森林、溪流、湖泊和羊群,还有山上山下的宝贝:奇花异草、黄金和其它丰富的矿物。阿尔泰山区的牧民自豪地说他们的牛羊了不得:"吃的是中草药,喝的是矿泉水,走的是黄金路。"

最令人难以忘怀的是如同巨蟒的昆仑山。当你真正走近它,巨蟒消失了。巨蟒早已扩展成了山的海洋:山的那边是山,再那边还是山。高不可测的峰巅上埋伏着一场场暴风雪,万年不化的积雪使它晶莹夺目。昆仑"冰山之父"慕士塔格峰将无数座山峰掩蔽在它那巨大、寒冷的阴影里。"万山之祖"帕米尔高原呵,能使一个人真正认识到山的伟岸壮阔。在这里,一万年只是一瞬间。

冰山之巅是生命的荒原?不!至少还有令人炫目的太阳、云和鹰。一只鹰使帕米尔高原生动起来,而灿烂的阳光把岩石磨亮。粗犷凛冽的山风袭来时,山在呼啸,你能清晰地倾听大山的呼吸。没有风时,高原寂无声息,让你享受尘嚣消敛、静谧无边的意境。你在获得旷凉和寂寥的感觉的同时,也获得了自由和解脱。背负在身心上的许多凡尘的锁链和桎梏自行脱落、逃遁、消逝得无影无踪。

山是神圣的,是圣人、高人的归宿。

孔子说:"知者乐水,仁者乐山。知者动,仁者静。知者乐,仁者寿。"山性好静,亘古不变。人若想学山的这种定性,不知得苦修多少年。在修行人的眼中，山既是可崇敬的老师，又是刻苦砥砺心志的圣殿。

山对一个民族，甚至全人类的生存、发展都产生过深远的影响。中国的人类学界百年前就产生过一个观点：人类起源于青藏高原。这个引起强烈反响的观点至今还在争论。但有一个常识是我们不得人承认的，那就是距今一万八千年以前的山顶洞人是倚山栖息的。山曾是我们祖先的发祥地之一。山，是永恒的诺言，一诺而成千古。

大道无言。新疆的山亦无言。望也望不到边缘的沉默！新疆的山使我们感知伟大的事物和尘埃的渺小。

我将自己一颗扳依自然的心灵默默嘱托给气势非凡的新疆的山。

喀什沙枣花

朱大珪

20世纪50年代中期，笔者从乌鲁木齐乘车翻过天山，沿着塔克拉玛干大沙漠，有幸走进了祖国西陲边城——喀什。这里是一片葱翠而神奇的绿洲，那路旁遍野的沙枣树，密密麻麻的绵延数十里，甚至上百里飘香的沙枣花扑鼻而来，多么壮美的自然风景啊！

喀什是花的王国，从城市庭院里到郊外的果园，桃花、杏花、石榴花，走过季节，漫天遍地纷纷扬扬飘落远去。喀什更是沙枣花的王国。别处不说，就单单是在市里，从吐曼河畔到七里桥两岸，从市里大大小小的涝坝旁到郊外一座座村落的周围，到处开遍了小黄花，哪儿不是黄得似金，绚丽无比的沙枣花呢？

喀什噶尔之美，多数人只知道维吾尔族人民能歌善舞，那姿态万千瑰丽多彩的形象，确实世间少有，有些堪称是世界之最。然而，回首当年，如若没有了色彩艳丽、姹紫嫣红的沙枣花点缀，喀什噶尔之美，也顿将失去神采和灵性。

喀什之沙枣树，密密麻麻，好似绿色的屏障，固堤围屏，避风挡沙。而且茎上多刺，挂果累累,甘甜可口,可谓是喀什的美的化身。其品种之繁多,色彩之缤纷,大凡都荟萃于斯了。它吸取了高原冰川日月之精华,故而虽饱经严寒冰雪的洗礼,仍能绽放于万花丛中,以其独特的风姿而著称于世,艳压群芳!沙枣花不开则已,一开就开满枝头,在她跟前,百花黯然,万花失色!

欲饱赏喀什沙枣花的风采就跟我来吧,不必到高原雪山、戈壁滩旁、遥远村落,只要沿着喀什市西域大道前行,走过五里桥,前面就是沙枣树的故乡,可保证让你大饱眼福。这里叫疏附,是喀什的右翼,山山岭岭、戈壁村落、有水无水的地方,纯粹就是沙枣树的世界。置身其间,犹如置身于沙枣花的海洋里。黄的,弥漫几座村落,还有橙色的……星星点点,玲珑出奇。真可谓千姿百态!沉浸在这沙枣花的王国中,遨游在这大自然的纯洁、芬芳和质朴里,喀什噶尔的天,喀什噶尔的地,更加多姿多彩,富有生机和魅力了。难怪,疏附人民在改革开放中发挥自身优势,独具慧眼地兴办了一个举世无双的疏附县沙棘厂,专门生产沙棘饮料,不仅供前往帕米尔高原的中外游客尽兴品赏,而且远销全疆各地,乃至区外国外市场。

人们把喀什称为"丝路明珠",千百年来,喀什噶尔沙枣树为铺就丝绸之路立下了不朽的功勋,作为喀什噶尔的子民能不为之而骄傲吗?

然而,喀什已是高楼林立,水泥路面又宽又长,万木争妍,只是沙枣树越来越少,即使是生在沙枣树之乡的许多人,要赏沙枣花、看沙枣树林,也得乘车到城外很远的地方……

喀什噶尔是美的,喀什得天独厚的大自然,更是魅力无穷。要让她风采提升,仍需要多植些沙枣树,这是喀什噶尔的呼唤,是大自然的呼唤!

人生走笔（三章）

朱大珪

南方的雪

我生于南方,长在新疆,但我的细胞里浸润着南方的雪,因此常常怀念它。南方的天空多雨少雪,南方的雪没有根,没根的雪很孤独,很忧郁,孤独和忧郁造就了南方的雪与众不同的个性。

南方的雪飘飘洒洒,触地成水,难以堆积。

温暖的南方不需要雪,南方的雪是大地上一个错误的情节,南方的雪命运多舛。

一旦踏着岁月飘寒,南方的寒便在暗含的忧伤中踽踽独行。

南方的雪,聚于无阻,逝于无形,干净地来,干净地去,只知道用所有的孤独去温暖这个世界,却全然不顾会不会有谁将它珍藏在心底。

蒲公英

高贵或者平凡,假如你不能在生命的季节里,适时绽放出一朵绚丽的黄色小花,我一样不会记住你,你的生存和生机将与我无关。

一朵黄色的小花,在生命的季节里适时绽放,绽放在生命的春天。

无论娇嫩,无论沧桑,有缘相会,你一样让人为生活的艰辛感动,你一样让人为生命的灿烂喝彩,你的不屈,一样让人久久难忘。

哪怕你的花飘着些苦味,我依然能嗅出淡淡的香。

让人钦佩的,还有你的淡泊随缘。叶也绿过了,花也开过了,就让生命碎为籽儿,随一身白絮荡秋风,去满世界飞扬。

霜雪过后,蒲公英细小的种粒又在大地一隅,把生命之火点燃——以叶的碧绿,以花的金黄。

一只蜗牛

背负着沉重的债务,背负着良心的谴责,背负着不屈的信念——一只锅牛,一只渴望生活的蜗牛,一只跋涉在生活的葡萄藤上的小小蜗牛,一只踽踽独行的蜗牛。

经过日复一日的攀援,它终于爬进了快乐的金秋,爬进了硕果累累的日子。

遗憾的是,在将要伸手采摘那沉甸甸的葡萄串的时候,它突然发现,那不是它的果实,那果实是属于葡萄藤的。

原来,只顾着拼命地往前赶,它竟忘了停下来做点什么。

雨的感悟

朱大珪

　　我从南方到北方，已在新疆生活了半个世纪。由于新疆干旱少雨,慢慢地雨被我遗忘了。这些年来,新疆气候出现了大变化,不仅越来越转暖,而且雨越来越下得多了。每逢下雨时,我都情不自禁地走在雨中,细细品味雨的滋味。

　　雨,晶莹、柔和、缠绵、多情、神秘,像纯洁的山里小米,细得精灵。我喜雨、爱雨,总在那些下雨的日子,伸手撩开雨帘,走在雨中,让雨尽情地打湿我的头发,淋湿我的衣裳,涤尽满身尘埃,赶走心中的浮躁,迎来凉爽而明净的心绪。

　　走在雨中,静静地听雨、赏雨,这不仅需要有好的心境,更需要有一种浪漫而闲适的情怀。不然,就体会不出古人那种"好雨知时节,当春乃发生"的欣喜,更不会有"夜来风雨声,花落知多少"的惆怅。现代人的情感被名利物欲所侵扰,浪漫的情调和闲适的情趣随着紧张的生活节奏远离了心灵。我想,那些整日里灯红酒绿、醉生梦死、追名逐利的人,哪会有心思去管你雨打新荷,还是雨打芭蕉?因此,要走进雨那真实的世界,还必须要有一颗平淡而宁静的心。

淅淅沥沥……雨是一曲无字的歌；沙沙簌簌……雨过天晴是一首有韵的诗。于雨过天晴中，我思我之所思，想我所想，抚今追昔，感事抒情，听雨如诗如歌地轻轻敲打着新荷，看雨轻舒长袖，在空中飘飘洒洒，那份情调，怎能不使我的心如痴如醉地颤动？"雨不但可嗅，可亲，更可以听。"背咏着余光中先生《听听那冷雨》，望着飘飘洒洒的细雨，那悠远的古意，那沉郁的乡愁，嘀嘀嗒嗒，在细雨中散落。此刻，细细的雨和雨中的我，都化作了余光中先生那美文中的一个段落。

经常走在雨中，对雨便有了些了解。春天的雨，丝丝细细，缠缠绵绵，温温柔柔，如同春姑娘伸出一双多情的手，抚摸着雨中的脸蛋，凉凉的，酥酥的，甜甜的。雨中情，情中雨，情雨交融，春雨浓浓。望着旷野里、马路边，那点点嫩绿从细雨中冒出，我情不自禁地想起"好雨知时节，当春乃发生"的诗句。走进飘逸的春雨，就走进了诗的意境，就走进了希望。

夏雨，热热烈烈，风风火火，淋淋漓漓，时常旋起一阵阵嗖嗖的风，把天空擦得蓝蓝的，把云彩洗得白白的，把原野浇得绿绿的，即使沙漠戈壁也星星点点地冒出了绿色的枝芽。一场夏雨，洗涤尽尘世的纷扰，过滤出一个洁净的世界。

秋雨，委委婉婉，曲曲折折，亮亮丽丽，它一丝一丝随风飘呀飘，染红了枫叶，催开了菊花。它飘向田野，便有了满目的金灿、满目的黄橙……秋雨是成熟之雨，是丰收之雨。秋雨有时也滴滴嗒嗒，沉甸甸地敲在徘徊在异乡的我的心头，痛得好思乡，好思乡……

冬天的雨，含蓄、凝重、凛冽，每一滴似乎都饱含着生命的哲理，它裹着朔风，夹着冰雪，在峡谷，在大漠荒原飞舞，在山顶，看似冷酷无情，却不知它有一副慈母般的心肠。翻开那层层的白雪，我欣喜地看到那些嫩黄的小生命，飞在冬雨的孕育下茁壮成长。冬雨更像一位严父，它以严肃的态度，严厉的手段，管理着地面万物，把万物培育得坚毅而刚强。在凛冽的寒风中，一阵冷雨扑面，那刺骨的冷意,使我的头脑格外清醒,我为之精神抖擞。经过冬的洗礼,跋涉在人生的旅途,面对艰难困苦,我心中充满必胜的信心。

　　我喜雨﹑爱雨,更爱新疆的雨。无论是缠绵的春雨,滂沱的夏雨,还是潇潇的秋雨,霏霏的冬雨,走在雨中,我的思想得以渐次升华,我的灵魂得以净化。在雨中,我告别了过去的"我",人生由此而走向成熟,走向辉煌!

坐着马车进喀什

罗辑

　　人们常说,看一个城市的变化,最直接最简单也最有效的角度就是看它的路。这话说得很有道理。交通是城市的大动脉,只有动脉畅通了,城市才会有生机、有活力。"要想富,先修路。""要想'酷',修好路!"近年来,笔者所在的喀什师范学院与新疆大学、新疆师范大学联办了好几个硕士学历研究生班,授课的专家、教授来了一批又一批。迎来送往,他们不管是第一次到喀什还是重返喀什,对喀什印象最深的就是,"喀什的路,没说的!从飞机场、火车站进市区也好,徜徉在市区的大街也好,条条大路都是平坦、宽敞、笔直的,那比乌鲁木齐都要强!"

　　当然,这只是改革开放以来特别是近几年来,"一年一变样,三年大变样"才出现的景象。四五十年前,喀什却远远没有这样的路,更没有这样"酷"。笔者就清晰地记得,当年自己就是坐着马车晃晃悠悠进的喀什城。

　　笔者的父亲是原中国人民解放军西北野战军二军的,1949年跟随王震、王恩茂参加解放大西北、解放新疆的战士。他们昼夜兼程,长途跋涉,于同年12月进驻自古以来的军事重镇疏勒县,安营扎寨,并开始了创建陆军第12医院的建设工程。笔者至今还珍藏着父亲遗留的立功证书。证书纸布虽然已经苍黄残破,但封面依然鲜红,扉页上毛泽东主席和朱德总司令的画像依然清晰,里面的立功记载也依稀可辨。1950年夏,母亲携带着年仅两岁的我,在各地军管会的帮助、支持下,历时数月,辗转万里,从天府之国的四川,来到了父亲所在的部队医院。不久,母亲也参了军,参加了军区护训队的学习,随后,成为12医院的医护人员。父母忙于工作,把我送进军区后勤部托儿所,与后任喀什日报党委书记、著名书法家郭大礼等成为南疆军区的第一批军旅"花朵",全托,并实行军队全包的供给制,度过了幸福的幼年。1954年,当时隶属中国人民解放军编制的喀什专区公安大队为适应各项警备任务,急需医务人员。于是,夫妻就能建立医务所、开展医护工作的父母就成为首选对象,奉命调往公安部队。

要调动就要搬迁,要搬迁就要有交通工具。那时的12医院,别说没有小汽车,连大卡车也没有一辆。医院只有一个马车班。我记得很清楚,那是一个初春的上午,医院为我家派了一辆当时最好的三匹马拉的胶轮大车。一辆车就松松活活装满了我们三口之家的全部家当。父母和前来送别的领导和战友一一敬礼、握别。那时我已在军区子弟学校上了预备班,也和医院的几位小同学小伙伴告了别。父母和我一起坐上马车,一位参加过南征北战的老车夫一声"得尔——驾!"马车就拉着我们,晃晃悠悠,踏上疏勒县通往喀什的大路。那时通往喀什的路既狭窄又弯曲,不时地绕行或穿过村子和庄稼地。土路上略撒了些石子,也依然坑坑洼洼。又赶上路面翻浆时节,马车走过,像小船荡漾在波浪起伏的江河。大约走了两个多小时,走过还是弓形拉力桥架的大木桥——七里桥,才遥见喀什城区。公安大队驻扎在当时城墙还十分完整的徕宁城里,远远就能看见耸立在城墙上的岗楼。不久又见到岗楼下不远的黑隆隆的城门。从城门进去,穿过厚厚的城墙,父母工作的新单位——喀什专区公安大队就到了。父母开始了他们新的事业,我也开始了在喀什久远而漫长的生活、学习和工作历程。

如今，从喀什到疏勒已经被一条十分宽敞、平坦、笔直的全水泥国道连接，不管是乘坐公交车、出租车，还是单位小车，风驰电掣，一二十分钟就到了。回想起当年坐着马车进喀什，用"翻天覆地"的巨变来形容，一点也不过分。

永别了，涝坝

罗辑

现在二三十岁的年轻人，对于"涝坝"一词，已经是十分陌生的了。然而他们的父辈们，如果一直生活在古城喀什，几乎无有例外，都是喝涝坝水长大的。

1954年，当我随父母坐着马车进喀什，奉命从位于疏勒县的解放军第十二医院调往专区公安大队后，在新的生活环境里，父母亲和左邻右舍告诫我最多的就是：千万不要到大门前的涝坝边去玩。那时，公安大队大门前有着当时喀什城内最大的一个涝坝，几乎承担着全城近半居民的生活用水。那时，喀什城里有一种特殊而又重要的职业：送水。送水人一般都是青壮年人，他们用扁担挑着两只偌大的木桶。也有年长的，赶着一只驮有一副特制木桶的毛驴。他们从公安大队门前的涝坝中汲满水后，就走街穿巷，用一种特殊的叫卖声吆喝着，把水送进千家万户。那时，家家户户都备有一个至少能装三四桶水的大水缸，定购用水是生活中最基本的安排。当然，久而久之，每个卖水人都有了自己较为固定的服务片区、服务对象，常常十分守时地把水送上家门。但有时家里换洗衣物，或来了客人，用水量剧增,就需临时加水。我就常按父母吩咐,跑到单位大门口去呼唤送水人。

那时,在有集体食堂的机关或学校,涝坝更成为必不可少的生活设施。我当年就读过的小学、中学,都实行封闭式管理,涝坝自然与我们的生活有着密不可分的联系。由于每天早晨都要出早操、上早读,时间比较紧,我们一般都是晚上到涝坝边用漱口缸舀一脸盆水端回宿舍,放在各自的床下,以供第二天洗刷用。学校的食堂更全靠涝坝供水。好在涝坝边都有用木桩搭建的栈桥。桥头支一木架,上面安放一个又大又粗的木桶,木桶底部通过树干的引水渡槽与食堂相连。这样,取水人无须来回挑水,只需站在栈桥头上,不停地向矮木桶里注水,水就沿着渡槽,源源不断地流入食堂。

涝坝不仅为我们提供了生活用水,也曾是我们星期天嬉戏游玩的乐园。那是进入寒冬以后,涝坝水面结成厚厚的冰层,只在栈桥桥头下凿出一个取水的窟窿。于是,这里成为天然的溜冰场。我们一帮小伙伴,曾脚捆自制的土冰鞋,在涝坝的冰面上驰来滑去,既充实了假日生活,又驱赶走冬天的寒冷。那一米见圆的冰窟窿反倒成为小伙伴们溜冰技艺的测试点。当然,也曾有过不慎触水的,但大家在一起,也都有惊无险。

那时,古城喀什尚且靠涝坝供应生活用水,众多的县乡、广阔的农村,就更离不开星罗棋布的无数涝坝了。涝坝在很长的一个历史时期,虽然给人们的生活带来方便,但它也存在着很大的隐患。一是它水流不洁,并且很容易受到污染。20世纪六七十年代,喀什地区曾经多次流行肠道传染疾病,以至于达到封锁病区交通的程度。这与涝坝饮水不洁都有直接的关系。另外,遍布城乡、深浅不一的涝坝,也潜伏对人们特别是对孩子的不安全因素。后来笔者所工作的大学,就有一位同事,她最钟爱的孩子在五岁时不慎坠落涝坝而告别人生,从而给她的家庭抹上永远难以消去的阴影。

如今的喀什早已告别了涝坝,就连远离城区的乡村也喝上了清洁甘甜的自来水。正如有人所说:"你们城里人喝自来水,俺们乡下人在喝涝坝水；现在俺们乡下人喝上自来水了，你们城里人又喝纯净水了。"是的，历史在进步，社会在发展。生活用水永远告别涝坝，自然是值得庆幸的好事。

千年胡杨王

罗辑

凡王者，必有一种王者的尊贵、王者的风汇聚，带来的是一种晋见。

于是,离开岳普湖县城,在平坦笔直的省道上东行三十余公里后，就要转向曲折蜿蜒的沙土路上行驶许久，直到越野车不能不停下在一个叫阿洪鲁库木的地方落脚。坎坷颠簸中也酝酿了一个深深的悬念,扑入眼帘的是连绵起伏、一望无际的褐黄。先要努力攀登一座很大的沙丘,在艰难中、在相互提携中同时也摒弃了赏花观水那种过于悠闲自在的随意。这时,你才能看到一棵巨大无比的胡杨树就兀然屹立在沙丘下。六七个成年人手拉手才能围住它粗壮的躯干，估计直径当在四米以上。龟裂的、似乎已经石质化了的、足有半尺厚的树皮，向你证明着千百年来风霜、酷暑严寒的轮回。仰望树冠,苍老的躯干上依然伸展着浓密的枝条,依然挂满翠绿的叶片,在微风中哗哗作响,在一片褐黄中顽强地擎起绿色的旗,高扬生命的帆。

胡杨王既然能被称为"王",就不能不拥有它的"臣民"。在它四周,或星星点点,或连片成林,生长着许多同类。有几株造型奇特的,当地人还给它们起了很好的名字,如"情缘胡杨"、"夫妻胡杨"、"安乐窝胡杨",编出许多动人的故事。然而,胡杨王更多的"臣民",我以为是大树前方那数以百计的无名坟墓。它们参差错落却方向划一地匍匐在胡杨王前。按当地习俗,许多坟头上还插着各色幡旗。岁月的销蚀,它们多已褪色、斯裂,在微风中无力地飘摇。许多坟墓旁,还坚立着一个木梯,半节已掩埋在沙土中。据当地旅游部门的同志介绍,坟头的幡旗是为死者招魂的,木梯是为死者的灵魂攀登天堂而备。然而,魂兮一去谁招也。凭借一个木梯,又如何登天?它们只是寄托一个美好的梦,而永远依偎在胡杨王的绿色中,才是最真切的现实。

早在古希腊,一位哲人就留下了至理名言:"真善美统一于神",人类匍匐在上帝的脚下。到莎士比亚,走向一个极端:人是"宇宙的精华,万物的灵长!以我为贵,唯我独尊"。于是,人定胜天。然而,我们在这里看到的是人在自然面前的渺小与无奈。据说这里千百年前曾是人烟缭绕的繁华之地,由于河流的改道、流沙的侵袭,沙进人退,人群被迫撤离。然而,沙进人退而树不退!它们英勇地与流沙抗衡,进行着顽强的拉锯战,直至"其奈我何"的"割据共处"。于是,各百个不甘腐朽的灵魂又纷纷归附在胡杨王下,"人仗树势",企望永恒,并形成生命与死者鲜明的对比,留给人们不尽的思索……

千年柳树王

罗辑

　　自古以来,文化人就喜欢"吟风月、咏草木",而这"木"也即树木,最受文人墨客青睐的可能就是柳树了。千百年来,或以柳成景,以柳喻人,或折柳送别,咏柳寄思,留下许多脍炙人口的诗句,其中最为有名的,当属唐代诗人贺知章的《咏柳》诗了:"碧玉妆成一树高,万条垂下绿丝绦。不知细叶谁裁出,二月春风似剪刀。"用形象的比喻和巧妙的拟人,把那婀娜窈窕的柳枝、善解人意的春风写得秀美别致又浪漫新奇。

　　然而,不管怎么写,柳树似乎都与江南碧波、似水柔情联系在一起。塞外、特别是大西北,则多有伟岸的白杨、坚韧的胡杨。因此,当听说与沙漠"犬牙交错、以干旱缺水著称的岳普湖却生长着一棵"千年柳树王"时,就自然引起我极大的朝见欲望。

　　在距县东近40公里、紧靠215国道一个属于巴依阿瓦提乡的小村小了车。朝南望去,一段矮墙后的上方好大一片浓阴。县上的同志告诉我们,那就是久享盛名的柳树王。有柳常有水,柳在水边生。我们沿着一条清澈的渠道上行约五十米,绕过那段护墙,一棵令人惊心动魂的柳树就豁然展现在眼前。其实,称它"一棵树"已不确切,与"胡杨王"巍然独立迥然不同,柳树王树干匍匐在地,如卧龙,如游蛇,盘根错节,起伏延绵,已经形成一大片情态各异的一群树、一片林。地面上龙飞蛇舞,已分不清哪是主根主干,哪是次根次干,但不管横卧还是斜躺,它们都竭力把无数的绿枝翠叶送上蓝天。"柳树王"与它的"皇亲国戚"们共同擎起一片绿色的巨伞,形成郁郁葱葱、占地一亩多的"柳树王国"。听说他们已有千余年的历史,则更令人肃然起敬。

在油然产生对树的敬意时,又听到关于这棵树的一个传奇故事。然而,我对这编故事的人却产生些许非议之情。这故事说,相传在1500年前,一位巴基斯坦商人到古城楼兰经商,路过此地时饥渴疲惫,决定休息片刻。他就把手中的拐杖插在地上,依仗而坐,不知不觉就睡着了。一觉醒来,惊讶地发现自己的手杖变成了一棵柳树。这棵柳树后来暗助他生意兴旺、经商发财。后来,人们不管是出远门还是将要去经商,都要在此树前跪拜祈祷,誉为之"神仙树"、"发财树"……

此说的瑕弊之处,就在于人类以"唯我独尊、唯我独贵"的态度俯视万物。似乎是这商人以及他的那根宝贝拐杖才成就了这棵柳树。我倒觉得,这个故事的真实文本应该是这样的:

相传在1500年前,一位巴基斯坦商人到古城楼兰经商,路过此地时四周一片荒凉。他饥渴交迫、疲惫不堪。正在绝望之际,突然发现远方有在棵郁郁葱葱的柳树。有树就有水,有树就有希望。他重新激发拼搏的勇气,向生命的绿色跋涉而去。在柳树下,他果然找到了水源,得到了休憩。然后,从树上折下一枝条做拐杖继续前行,人借树力,终于胜利抵达目的地。日后,居然生意兴旺、经商发财。消息传来,这棵树被人们誉之为"神仙树"、"生命树"、"发财树"。后来,人们不管是出远门还是将要去经商,都要在些树前跪拜祈祷,以求福佑。

瞧,又一个"人仗树势"的故事。

金湖杨写意

罗辑

　　金秋时节,喀什地区文联组织部分艺术家,应邀到泽普金湖杨国家森林公园采风。这个季节正是金湖杨风景区最名副其实的季节。秋叶尽染层林美,碧波荡漾湖水清。令人一见钟情,美不胜收。同行的摄影家们不停地按动快门,定格那美好的瞬间;书画家们挥毫泼墨,留住那飞扬的情思。我们几个爱堆砌字码的,只有采撷几片金黄、橙红的秋叶,把它平进记忆的书页,回来后细细品鉴,飘飞出缕缕思絮……

金索桥银索桥

　　伊维柯驶离县城,沿泽普至卡群的公路向西南方行驶40余公里。一望无际的戈壁滩上突然出现一座气势恢弘的牌坊式大门,"金湖杨"三个飘逸有力的金色大字跳入眼帘。中巴车停稳在大门前。我们被告知,只能步行进入金湖杨国家森林公园。而遥遥相望、飞越泽普电站引水河的两座铁索桥,就成为进入森林公园的首当要冲。富有创意的泽普人给这两座铁索桥赋于一对很好听的名字:金索桥、银索桥。铁索桥在内地南方比较常见。那"大渡桥横铁索寒"的泸定桥,跨越岷江的都江堰铁索桥等,更是举世闻名。然而,放眼宽2—6米、长120多米、两头落差5米多的金索桥,我敢断言,你即便有了"我过的桥比你走的路还要多"的卖老耀人资本,眼前这座铁索桥的奇迹般创意你也怕是从未感受的。

一边是茫茫戈壁、亘古荒原。如果不是一条黑色绸带似的柏油路从这里飘逸而过,它的寸草不生,它的洪荒古老,与千年、万年前没有什么两样。然而,紧邻着这戈壁荒漠,偏偏养育出这样一片草茂林密、鸟语花香的金湖杨绿洲。死亡与生命,沉寂与鲜活,灰褐石与姹紫嫣红,就这样由两座铁索桥牵联,蒙太奇般地剪接、拼对在了一起。是怕她会突然飞走?是怕他会决然漂流?于是,也许是从质朴的人们对自己最疼爱的孩子起名叫"石锁"、"铜锁"、"铁锁"、"锁柱"中获得了灵感,戈壁荒漠也从自己身上牢牢地引起根根金索、条条银索,把这最疼爱的女儿紧紧拉住。"金索银索锁美景,胡杨白杨展娇容"。走过插满彩旗的金索桥,我们似乎走过时空隧道,告别一个浑荒沉寂的灰白世界,进入另外一个生机盎然五彩缤纷的天地。

胡杨林

胡杨是"金湖杨"这片绿洲最古老的居民。它们或星罗棋布,或簇连成片,生活在绿洲的各个角落。已有千年树龄的"胡杨王",自然成为它们的领军人物,标志着它们在这片土地上不可动摇的统领地位。林区很大,规划面积有16平方公里。四通八达、连接各个景点的道路,已有许多铺上六角水泥砖,而且有轻盈快捷的"六根棍"马车可供连通。一位热情为我们当导游的林业技术员告诉我们:瞧,几乎每一棵壮实茂盛的大树底部背阴处都有一个深浅不一的树洞。这是胡杨们在自己身体内自然形成的蓄水池,它收集珍贵的雨水、泉水或露水,以在枯旱时期自滋自润。我们细细看去,它果然带有相当大的普遍性,成为原始胡杨林中天然的"指北针"。我们不能不为胡杨树们的"聪明才智"而叹服。"万类霜天竞自由。"它们以苍劲古朴的身姿,永远昭示着生命力的顽强。面对生存与发展的竞争与挑战,树且如此,作为万物这灵长的人类又当如何?

白杨林

白杨是这"金湖杨"绿洲的"移民"、"乔迁者"和"外来户"。据介绍,"文革"时,在那轰轰烈烈的"上山下乡"与"再教育"热潮中,当年这里也曾来过70多位"插队落户"的"知识青年"。为表示"扎根林场干革命,广阔天地炼红心",他们亲手引进、栽种下这一排排、一行行的"钻天杨",决心要和这些白杨树一起成长。他们在这里打泥坯、盖土房;垦荒地、种棉粮;搭畜棚、育牛羊……"天将降大任于斯人也,必先苦其心志,劳其筋骨,饿其体肤,空乏其身",艰苦而充实的劳动生活使他们受到极大的锻炼。而颇具哲理性的格言:"树挪死,人挪活"后来得到了验证。从这里,他们中已走出了自治区的厅长、州党委书记、大学教授、专家学者,以及更多的基层领导,各行各业优秀的工作者,创造者,而白杨们却依然默默地坚守阵地,也长成了伟岸参天的栋梁之材。它们与胡杨们和睦相处,相互辉映,共同点染着一年年生命轮回的翠绿与金黄。

金湖杨

金湖杨森林公园坐落在昆仑山下的叶尔羌河冲积扇地带上缘,因此园区点缀着丰富的水域,而金湖杨就是其中最大最深也最美的一个天然湖泊。湖边参差错落、簇拥生长着稠密而茂盛的胡杨林。金湖杨的一边筑有栈桥码头,停泊着十几只机动快艇和玻璃钢人划船,已开辟为乘坐快艇和划船的绝好去处。然而那天却不巧,星期天船工们大多都去赶巴扎、交售新棉了,艇船都静泊码头。我们不甘心于"望水兴叹"、遗憾而归。于是,"人以类聚,趣以同合",我们几个作家协会的成员自己解开一只人划船,四处却寻不到船桨。索性找来两根四五米长的木杆,且撑且划,在金杨湖中击水荡舟,随波逐流于天光云影之中。抬眼望去,但见深秋胡杨红似火,湖水清澈碧如蓝。流金溢彩层林染,树光倒影映云天。美景激纯情,纯情当长歌。我们禁不住引吭高歌。从儿童歌曲"让我们荡起双桨,小船儿推开波浪"唱到"小小竹江排中游,巍巍青山两岸走";从"洪湖水,浪打浪,洪湖岸边是家乡"唱到"一条大河波浪宽,风吹稻花香两岸";从"妹妹你坐船头,哥哥我岸上走"唱到"朝霞映在阳澄湖上"……凡是与江与河与湖与水有关而又能够想起的歌曲,我们都一人唱起众人和,大家如痴如醉,发现它们是这样的邻近。陆游有云:"挥毫当得江山助,不到潇湘岂有诗。"是的,没有这番体验,当泽普县委常委、宣传部陈强部长,旅游局陈小中局长请我们题词留言时,我怎能凝想出"昆仑翡翠,叶河明珠","金秋胡杨红似火,叶河水清碧如蓝","雨露润泽广袤大地,幸福普惠各族人民"等联句呢? 放翁之言信矣。

徕宁城忧思

赵力

一

在中国古代的帝王中，乾隆帝和喀什噶尔有着极其深厚的特殊关系，先是于1760年2月召美丽的喀什噶尔姑娘伊帕尔罕（香妃）进京入宫；后于1771年欣然为喀什噶尔的一座城池命名，并御笔亲书"徕宁城"。

徕宁城在今喀什市西部的地区公安局驻地。如乘飞机鸟瞰，可见这里有一圆形城墙残垣。维吾尔语称"尤木拉克协海尔"。此刻，我又一次陪同友人前来凭吊，抚摸着残存的南大门墙体，凝视着文物标牌，分明感到，几多遗恨，几多酸楚，层层累累，全压进这风侵雨蚀的墙体里，不曾泯灭也不会消失。

二

瞻望历史长河，会看到点点明丽的帆影。

公元1759年7月，清军平定了"大小霍加（波罗尼都、霍集占）之乱"，维护了国家统一。1761年4月，永贵走马上任为喀什噶尔办事大臣。1762年3月，永贵上书朝廷，说喀什噶尔"错乱无章，难以扎营，且官人不便与回人杂处",衣求筑一座新城作为官署。乾隆欣然准奏。此时,伊帕尔罕入宫已满两年,虽不能说是"三千宠爱在一身",也是宠幸有加了。乾隆看到爱妃故乡报来的奏谱,怎会不准呢。当年4月新城破土动工,8月竣工。学者王时祥先生在《不屈的徕宁城》一文中这样写道:这座新城呈圆形,周长1公里有余,城墙高1丈4尺,底部厚6尺5寸,顶端厚4尺5寸(属清代旧度),全用砖石砌成,建有城门四座:东叫承恩门,西为扶羌门,南为彰化门,北为辟远门。还在城南彰化门外的平场上,开辟了练兵场,搭建了一座点将台。此时此刻,我站在这南大门的遗址前,遥想当年,犹见练兵场上英姿飒爽,剑光四射;我多想看到历史给他们留下的精彩定影,听到汇自四面八方的浓浓乡音。

铁打的营盘流水的兵,你方唱罢我登场。1771年,新城建成已近10年,时任喀什噶尔的地方官们奏请乾隆皇帝赐名。那时伊帕尔罕进宫11年,早已升迁为"妃"了。据史记载,"香妃"在清宫中很得宠,乾隆还专门向她学习维吾尔文呢。乾隆大帝生平有两大癖好,一是爱游山玩水,二是爱吟风弄月,四处题名,现在为爱妃的故乡城池题名,他何乐而不为呢。或许是在一个清清亮亮的早晨,"香妃"展纸,乾隆挥毫,"徕宁城"三个大字就在晨光中定格了。徕宁,取安抚边疆各族、使之安居乐业之意也。至1794年徕宁城一带繁荣一时,当时有人说:"徕宁城仰瞻宫庙之辉煌,凭临城池之壮丽,居然新疆一都会矣。"

三

如果徕宁城承受浩荡皇恩持续,该是何等地宏大壮观。但,当时间的脚步迈入1820年,徕宁城便开始永远无"宁"日了。

徕宁城所建位置是一个名叫"古勒巴格"的地方,"古勒巴格"意为"花园",是当年大霍加波罗尼都占据喀什噶尔时他自己的私人庄园,清军消灭了大小霍加后收为官府。时至1820年,在庄园上兴建的徕宁城已经历了58年的风雨雷电、霜雪云烟。其时,波罗尼都的孙子张格乐随父亲萨木萨克在中亚各地活动,妄想死灰复燃,制造动乱。他曾向浩罕国的玛达里汗透露,说他祖父波罗尼都当年离开喀什噶尔时,曾在"古勒巴格"地底下埋藏了无数珍宝,企图引浩罕兵入侵喀什。浩罕表面未动,暗地里却默许张格尔自己行动,结果是张格尔三次入侵三次败逃。

1826年7月间,张格尔率数浩罕军又一次入侵喀什噶尔,喀什参赞大臣庆祥将军率军与敌人展开殊死的搏斗,血染战袍,气壮雄关,坚守徕宁城头。"及至接仗,被官兵凭城打退,杀八百余人,带伤者不计其数。"失败后的张格尔并不死心,他改变了主意,他想到了水。他在克孜勒河下游堵坝截流,意在水淹徕宁城。当滔滔大水汹涌而至,张格尔站在大堤上狞笑时,只见城头一位年青的士兵跃入河中,这位喝湘江水长大的勇士,破浪而行,潜入坝底,用自己的钢铁般的双手掘开一个洞口,顷刻间,狂涛滚滚而去,徕宁城安然无恙。于是,英雄就这样产生了,不须豪言壮语,不须烈酒壮行。也许,就在他纵身一跳之际,他想到了故乡的父老乡亲;想到了哺育他长大的青山绿水;想到了徕宁城中数百万姓。城,仍然昂首挺立,这位勇士却永远长眠"赤水"河边,这河水,不正是他生命的颜色吗?

四

王时祥先生在《壮歌一曲颂"方神"》一文中这样道:他姓黄,名桂芳,字定湘,1801年阴历五月初六日,出生湖南长沙县笠音寺侧的堤屋场,从军前,是一个贫苦的农民。1821年,黄家因与姓屈的一家邻居争水,黄定湘的哥哥一时激怒,误伤了一条人命。定湘挺身而出替兄顶罪自首……其结果是"流刑安置远方,终身不返"。现在,他真的把自己的血肉,自己的灵魂托付给了边陲的山山水水。他在甘肃充军五载,牺牲前换防到喀什噶尔才不过几个月,就把自己的一切"安置"在这一片神圣的"远方"。25岁的生命在"远方"闪耀着永恒的光芒。

每当想起他的英勇之举,我就会想起堵枪眼的黄继光,想起炸碉堡的董存瑞,想到拦惊马的欧阳海,虽黄定湘和他们所处的时代不同,但那种为国家献身的精神却是一脉相承的。

黄定湘死后,全疆各地尊其为所佑四方之神,各县纷纷建"方神庙",以求神灵保护一方平安。南疆的地方官吏在每月初一和十五,都要去方神庙上香,为民祈福求安。我想,这神,已不是指黄定湘这个具体的人了,而是中华民族代代用血泪凝铸的一种至死不渝、视死如归的伟大精神。

五

1826年9月,张格尔攻徕宁城失败之后,悄悄派兵从徕宁城下挖掘地道,炸开城墙,进入城内。张格尔率兵放火毁城。在一片火海之中,巍然挺立了64年的英雄城池化为一片废墟。可以想像,这在烧灼的时刻将会引发出多少可歌可泣的情节:死别与生离,崇高与卑劣,人性与兽性,在这一时刻都凸现无遗。在火海中,清军和商民全部战死,守城将军庆祥拔刀自刎,以身殉国。历史,真该铭刻这悲惨的一页。至今想到这惨烈的一幕,我的心头仍涌动着一股巨大的惊悸。

城池变成废墟,废墟上重建城池。历史的进程就是不断地毁弃与建造。1898年,徕宁城被焚毁72年之后,清政府决定重建徕宁城,以纪念这座乾隆皇帝亲自赐名的英雄城池。这一次,城墙改用版筑填土法。土墙底宽约6米,顶部为4米,高近15米,比原来的砖石墙坚固多了。近百年来,它一直成为驻喀什噶尔官府和军队的驻地。在新中国成立前夕,这里是国民党政权驻军司令部;1949年12月1日,中国人民解放军进驻喀什,这里是二军军部。

十分可惜的是,荒唐的年代,人们做了许多荒唐的事;在遗忘历史的年代,一截截城墙被遗弃了,一节节历史被遗弃了。但总有人在惦念着这座城。1994年11月,一位名叫梅子的年轻诗人在抚摸古城墙的残体后,写下了这样的诗句:

古城墙历史的手蒙在你的眼睛上
……

你只能痛苦地陪衬着这城市的繁荣

267

你歪歪斜斜的病容

倦怠成一种与时代不和谐的景致

在钢筋水泥耸立的丛林里

你实在是拙朴了些苍老了些多余了些啊

六

不知是巧合，还是必然。就在清政府重建徕宁城的1898年，曾发生过一件事。那年距黄定湘殉国已72个年头，新疆的官员联名上奏朝廷，请求将民间的方神祠正式列入国家祀典，使民间的怀念活动上升为国家的纪念活动。尽管清王朝不肯批准，但南疆人民对方神崇敬有加，一直到20世纪50年代初，仍去方神庙祭拜。令人痛心的是，在解放后的岁月里，这些纪念物被一个个消解掉了。我时常暗想：这决不仅仅是将纪念物毁弃，而是在消解一种精神，一种意志，一种信念；不要小瞧一个纪念物、它的存在比一万次宣讲都管用。史书上说，南北疆曾有几十个方神庙，现在可有一个留存？随着纪念物的消失，黄定湘的英名也只能躲在地方志书的角落里。我们常常四处寻觅英雄，有英雄在眼前又视而未见。我们不断为死去的或活着的人物修馆立碑，不就是立为榜样，叫后人瞻仰拜谒吗？现今，我们在宣扬班超等人的卓越贡献时，是不是也应在喀个噶尔大地上树起一座颂扬黄定湘的诗碑?！班超的塑像已矗立在吐曼河边；在徕宁城中，也该矗立起黄定湘年轻的身姿。

这篇文章，用《徕宁城忧思》作题，这忧从何来？我时常扪心自问。在我们的身边，有多少人知道历史上的"张格尔之乱"，有多少人知道徕宁城就毁于张格尔之手？我们是否淡忘了那不算遥远的历史？我们的文物部门是否采取了良好的措施，去保护徕宁城衰败的残躯？这一切，怎不令人忧从中来。作为一个正直的人，作为一个有铮铮铁骨的人，作为一个忧国忧民之人，我盼望着，有那么一天，黄定湘的塑像巍然屹立在喀什噶尔的大地上。

城死去了，而人活着！

瀚海三章

赵力

胡杨

在一望无垠的褐色大漠上,一棵棵粗大的枯树折戟沉沙, 主杆上只剩下三两粗壮的枝桠欲断未断,似乎只要再来一场风,它就会咔嚓一声,把自己交给狂沙、烈日和天火。然而,它们没有断,仍在风中挣扎着,挣扎着。它们把根伸出五十多米远,深扎进十几米的地下,但终因干渴而死去。它们失望的眼睛,放大着一个字——水。它们多么渴望大漠深处涌来无尽的泉流啊。

它们想:一旦永在水的怀抱,将是何等的苍劲何等的葱绿啊!

在一个原始胡杨林场,我看到了一个奇异的景象:在一片水域的边沿地带,一棵棵浸在水中的树早已脱下绿装,灰褐色的树干坚挺地站立着;从远处看,它们像是一个个披着秋霜的斗士,和一步之隔的绿林构成了强烈的反差。长久站在水中的胡杨死了。它们没有跪下求生,它们站着死去,连一个枝桠也未掉下来!

胡杨是渴望水的,它们甚至渴望雷电和暴雨击毁它们或浸泡它们；可一旦给它们无限的水时，它们又会被水爱死。它们的生命充满爱与不爱的巨大矛盾，充满着巨大的欢乐和忧伤。

没有了水的溺爱，它们或许会在荒漠中活得更长久些！

在又一片水域中，我看到一棵更加粗大的树沉浸在水的爱抚中，我为它的未来深深担忧。

但，我也看见它高昂的头颅！

海贝

到达原农三师水工团的那天傍晚，一种强烈的好奇驱使我来到北京地质勘探队员的房间观赏，把玩他们采集的宝贝——镶嵌着海贝化石的礁岩。礁岩呈铁灰色，那紧拥着礁岩的海贝裸着片片灰白。只见它们小的如大拇指一般，大的有一斤多重，形态各异，或卧或立，如斗、如戟、如柄、如星、如花……放在手中把玩，顿时感到时间的重量，岁月的无限；放置耳旁倾听，仿佛听到贝壳中沙砾的叹息和水草的泥喃。

那是亿万年的一场巨变之后，海水退去，海山耸立，鱼骨堆积成山脊，海树演变成青苇；一只只贝壳中灌满了沉思的砂粒，它再也听不清蓝色的涛声，再也听不见海鸥的歌唱。它亿万年前沉默，亿万年等待，等待着海的复活。用生命之缆紧拥着海礁，上升、上升，即使后来，变成一片化石，也要和礁石永不分开。

我掂了掂手中的礁岩，带着疑惑的目光询问：它的梦会醒吗？

一位被边塞太阳涂上一层油彩的地质队员笑了——会的，一定会的，一个奔突、壮阔、汹涌的油海，早已躁动在马扎山的深处，等待着喷发的那一天。

现在，一只海贝化石立于我的桌前，正向我诉说着沧海桑田的往事。

谢谢你，海贝！

匍匐的树

汽车在小海子岸边奔驰,忽然望见海边有一片匍匐的树林。

顺着海浪的方向,它们的身躯向着堤岸弯曲;随着海浪的起伏,它们柔美的身躯也时起时伏。

看样子,它们身陷水牢之中好几年了。在几年前,水位没有这么高,它们扎根于岸边的干地上,腰杆挺直,枝桠茂盛,随风起舞,丽影婆娑,面对风浪和雷电,它们没有皱过眉头。它们的腰肢在顺风弯下之后,转瞬间又恢复了原样,它们想:一直这样生活下去该是多么地惬意啊。

但后来,水位上升了,这清凉的雪山水,先是淹没了它们的脚背,接着又淹没了它们的小腿和大腿,直达腰际。它们在惊慌之中一齐把头转向堤岸,向往着高处的土地。

也许是一天夜里,狂风裹着巨浪,朝它们扑过去。它们的身躯顺着浪头,向着堤岸弯下,一夜间便凝铸成终身的定形,从此,它们的一生只有顺着浪头的方向匍匐。

车在海岸边奔驰,看着眼前闪过的树林,又想起了往日在大漠中看到的胡杨.于是想到了这样一句话:一片匍匐的树林也比不上一棵直立的树!

长堤柳林

赵力

　　小海子蓄盛着昆仑的血孔，永远装不尽昆仑之母叮咚作响的赠诗寄语。我们到小海子水库那天，天有点阴，微风吹过，波浪翻起片片白光，像一面面晃动的镜子，似乎是要我们照一照颠簸而行的尊容。

　　水库长堤是大地伸开的手臂，拥着碧水，拥着鸥鸟，拥着马扎山的倒影。它的内心滋长着柔曼的草丛和嬉戏的鱼群，在风平浪静的日子里，它是那样舒坦、悠闲自在，珍藏车轮辗压的辙痕，欢拥游人踏芳的脚印。它总是静静的，把手臂伸着，伸着，永不收回，一旦收回，它的身后将会是怎样的一片汪洋？

　　靠水面的一侧，堤坡舒缓，顺坡铺排的方形水泥石列成长阵，它们紧拥泥土，犹如长堤的钢铁盔甲，抵挡会突袭而来的万马千军。

　　一排水柳林刚抽新枝，嫩嫩的翠色轻吻水面。我在树根部位拾捡干枝，准备野炊，蓦地，我的目光被它裸露的虬结的巨大根系所吸引，每一条根，每一个结都系着千均之力，任凭飓风在狂暴的鞭啸，任凭水浪凶猛的冲击，它从不摧眉折腰，只用

272

全力握住泥土,抓牢大地,挺身护住巍然长堤。

　　离别时,登车回望,长堤和柳林织成一幅迷人的风景。我想,在狂风作浪之时,在山洪倾泻之时,长堤与柳林定然编织成一道永不溃败的防线。

游三仙洞

汪永华

　　上中学的时候，知道喀什市北库曲弯山崖上有个古迹三仙洞。曾约几个同学去过一次。到了山崖下，望着十余米高的崖壁上三个黑洞的洞口无法攀登，只能望洞兴叹。工作以后忙于生计，再也没有机会去光顾三仙洞。直到1991年9月，《中国西部文学》编辑部在喀什举办南疆片文学创作笔会，其间，组织了游览活动，我才有机会再去三仙洞。这次活动，组织者想得非常周到和专业，与有关部门联系，在山道上架设上云梯，以便大家攀登是洞参观。即使这样，攀登者还要具备勇气才能成功。我艰难地攀上云梯，爬进洞中。览尽洞中所有的遗物和残破的壁画，感到既失望又可惜。对三仙洞深层次的了解只能求教于专家和前人的足迹了。

　　三仙洞位于喀什市北部十余公里的伯什克然木河右岸峭壁的半腰间。河床崖底距洞口有13米，洞口距峭壁顶端还有七八米。峭壁由下向上有方孔数处，似为古代攀登洞窟的栈道遗迹。且现代人的卢象和三仙洞现在的地理险境，古人如何进洞是个谜。但仔细观察伯什克然木河床崖上水冲刷出的痕迹和三仙洞所处崖壁上古代攀登洞窟的栈道遗迹,可作出这样的理解:一千多年前,喀什噶尔地区自然环境优于现在,河水汹涌,伯什克然木河水位自然高于现在的水位,距三仙洞最多也就五六米,乘独木舟可到崖下。大概因洪水长期冲刷河床,河床越冲越低,山崖越冲越险,河崖就显得峭壁突兀耸立,立面如削。

在史料中记载三仙洞是1777年清朝乾隆年间的苏尔德,"其陡壁之半有三洞,立独木云梯登而视之,亦无甚异。土人(指当地群众)名之曰'玉舒布尔杭'询之莫知其详。"维吾尔语中的"玉舒"应为"玉曲",即'三个'之意。就是三个佛教洞窟,汉人称三仙洞。最详尽的资料是1979年9月间,喀什地区有关人员会同自治区博物馆的考古人员对三仙洞进行了考查,才真正提升三仙洞之谜。

三仙洞都朝正北方向,洞口东西方向并列,中间的洞口稍大,高约两米,宽约一米五,洞口凿成门框形,框厚三十厘米。由于洞口高大,采光充市,窟内光线明亮,洞内遗物一览无余。三个洞窟均分前后室,都是前大后小,前室呈4米正方形,高约2.5米;后室较小,仅有前室一半,窟顶皆呈卷式。这是以砂石质为主的窟面洞窟的常见形式。三个洞窟本来并不相通,不知什么时候被人凿洞互相串通。洞与洞之间的石壁厚约一米,凿通后的小洞仅可屈身而过。中洞前室内空无一物,其后室正中有一座佛像,佛像彩色泥塑已剥蚀殆尽,仅留一座石胎,头部也不知何时被人割去。西洞在开凿之刃可能就未完工,因此没留下任何有价值的文物。唯有东洞最为壮观,其后室中尚遗一石床,上有40厘米左右的长方孔,应是当年固定数座佛的基座,只是佛像早已荡然无存。东洞前室内的壁画和藻井最为珍贵。这座洞窟的四壁画满了大小不同的佛像,仅当时考查剩下的不到三分之一的残壁,还保存着70多尊佛像,可惜面部尽数被人砍坏,身上也刀痕累累,令人痛心。洞窟顶部藻井(天花)为一莲花,其间的莲子还能辩数分明。藻井的四周又绘有50厘米高的坐佛。佛像盘腿而坐,脚疏向上,双后平放胸前。莲花座上的莲子、莲瓣都十分清晰。佛像背后有五彩光环,由宝蓝、翠绿、深红、赭石、金黄诸多彩石粉末绘成。这尊坐佛两侧，还绘有较小的坐佛、立佛。有一尊坐佛的袈裟用方格形的图案组合，由宝蓝和赭石色相间绘成。背部有菩提树叶衬饰，此佛所着服饰为佛教早期壁画中所仅有。在东洞的后室，还有一尊立佛像最为精彩，这尊佛像的面部虽然也被破坏，但体态优美，气韵生动，线条流利，写实性强。立佛上身袒露，右手拟托一物横于腰间。左手自然下垂。左足微曲，右足直立，造型极其优美生动，富有艺术感染力。更为奇特的是，这尊佛像的服饰装还与其他佛像有所不同，腹部以下为绿、红、蓝三色相间横七竖八的纹绘成，造型和用色在我国目前所知佛窟画中可说是极为罕见的，很有研究价值。洞中色谆厚质朴，图案简洁，造型生动，构图对称中有变化，充分体现了西域疏勒劳动人民高超的想象力与创作技巧。

三仙洞自被发现后，已有不少中外游人和探险者光临。据说，中洞在一个多世纪前经过重新修饰过，所以留存下来的原作壁画很少。但从被破坏的残壁上，仍可看到其壁画鲜艳的色彩。重修后的白色粉壁上虽然了有彩绘画像，但艺术风格和造型技巧与东窟相比已逊色许多。中洞洞壁上至今还保存有许多古外文字的题记，为洞窟的研究提供了一些佐证。汉文中的题记以清代最多，较早的为清代乾隆53年，即公元1789年，外文中有英国的斯坦因、法国的伯希和、德国的勒柯克、日本的橘超等，都曾在三仙洞留下了足迹和题记。也给盗窃三仙洞中精美绝世的壁画和佛像留下了证据。

公元一世纪以后，佛教受婆罗门教影响，主张佛教有许多化身，造出了各种菩萨，宣传肖像崇拜。随着佛造像的出现，佛教石窟也就应运而生了。在印度这类石窟多开凿于石质坚硬的山崖上，佛教传入疏勒之后，也必然首先在这里筑窟传教。据史料记载，佛教石窟艺术约于公元220—589年间传入我国，举世闻名的龙门石窟开凿于公元500年，云岗石窟开凿于453年，敦煌石窟开凿于366年，库车的克孜尔千佛洞约凿于公元180年后的东汉末期，据专家考证，三仙洞开凿于东汉时期，比库车一带只早不晚。佛教是自西向东传入我国的，三仙洞就是"丝绸之路"北道上最西边的一组佛窟，也是目前所知我国西部保存下来的最古的一处洞窟，所以，具有很高的历史研究价值。

以今天的喀什市为中心的西域古疏勒国，自公元前一世纪初期就有佛教徒的活动，是佛教东传餐国的最早基地之一，以后又与于阗、龟兹、高昌并列为西部四大佛教文化中心。公元120年后，曾在大月氏（原苏联费尔干纳盆地）贵霜王朝潜心学习佛典的疏勒王族臣盘执政后，就开始大力推广佛教，并把原先流传于民间的佛教升格为国教。在臣盘的指导下，疏勒广修寺庙佛殿，并开凿了不少佛教壁画洞窟，可惜保留至今的只有三仙洞佛窟。

歪把车

汪永华

  我是骑着自行车下西大桥脖子高坡时摔倒的,只是胳膊摔破了皮,在行人还没有彻底聚拢之前我就爬起来了,扶起车子,打量一遍,车子完好无损。我不愿意让人们像看珍稀动物似地围着我看,就无所谓地跨上车子准备继续向前走。

  问题就是在跨上车子的一刹那发现的,我感到左胳膊短、右胳膊长,左手抓车把需要探下身子,而右手只需直腰就抓到了车把,一蹬车子整个身子都难受。我跳下车子,重新检查一遍才发现车子左把低、右把高。

  我推着车子来到街旁一个修车铺,对一个满身油污的青年人说:"师傅,劳驾看看车子!"

  修车人一边给一辆破旧的自行车上轴轮,一边问:"哪里坏了?""左把低,右把高。"我说。"没法修,换新的。"修车人看也没看,肯定地说。

  "多少钱?""八十元。"修车的年青人连眉头都没皱一下。

  我怀疑这个青年人的修车技术,就推着车顺街往前走,一个中年人坐在修车铺里补一辆自行车的车胎。"师傅,劳驾……"我打着招呼。

"咋啦?""左把低,右把高。"

"没法修,将就着骑吧!"中年人看了一眼车子,淡淡地说。

我还是不死心,推着车子继续往前走。

来到又一个修车铺,一位老者正在给车轴轮上辐条,不待我开口,老者就说:"车子怎么了?""左把低,右把高。"

老者把身子往我这边探了探,看了一眼车说:"你换辆新车吧。"

无奈,我只好骑着这辆扭着腰和屁股才能骑走的自行车走了。

侧着身子骑车实在别扭。可是,日子一长,我发觉"歪把车"慢慢地好了,我不但感觉车子把是平的,身子也没有什么不舒服的感觉。

别人说从我后面看我骑车的姿势特别难看,同事们借我车子说"没法骑"。

一次,到商店买新车,售货员热情帮助我挑选。推着新的自行车,我走出商店,跨上车子,不好,这车子怎么左把高右把低,车子直向右边窜去,眼瞅着朝一个骑自行车的女士撞去,我赶紧刹车,两脚支住车子。推着自行车对那个售货员说:"这车有毛病,左把高,右把低。"售货员立刻睁大眼睛,去看自行车吧,她左看右看上看下看,看了个遍,然后推出商店在马路上转了一圈,回来笑着对我说:"车把没毛病。""反正我骑着是一个把低一个把高。"我坚持说。

售货员这时不看车子反倒认真地打量我,我故意立正站着,以示本人胳膊绝没有毛病。

"那你另选一辆吧。"

售货员真是热情,硬是帮我把商店的车子搬一遍,我终究没能挑着我满意的车。

看香妃

潘黎明

到香妃墓去的时候,朋友问我:是坐汽车去还是坐马车?我急忙回答:当然是坐马车了。在我的潜意识里,坐马车和香妃更为接近。而坐汽车,就显得生分了。于是,我们步行穿过了据说有上百年历史、亚洲最大的集贸市场——东巴扎,找了一辆"马的"。这是一匹白马,还很年轻,红色天鹅绒的车顶像红盖头一样鲜艳而有诱惑力。赶车的是个维吾尔族小伙子,和他的白马一样神采奕奕。他略通汉语,是香妃的故乡人,自小儿就在香妃身边长大,因此说来也有几分自豪。他告诉我:阿帕克·霍加麻扎(香妃墓)已经有400多年的历史了。

在村落的尽头,绿茵的深处,香妃墓就像一首民谣一样,不经意间飘落在我眼前。它的外貌很朴素,几座土坯房的民居还保留着古老的风韵。一潭绿水环抱在树丛中,简易的大门让人顿生亲切,全无庄严肃穆之态。沿石子路向里再拾级而上,便基本可见香妃墓全貌了。香妃墓由两座清真寺、讲经堂、主墓室等组成,规模宏大。那些经历了400年风雨的华美建筑,至今仍光彩夺目——雕刻的花纹细腻丰富,篆写在寺门上的《古兰经》诉说着一个民族虔诚的信仰,绘着精美图案的木柱已经斑驳,却依然可见色彩的绚丽。

绕过清真寺,展现在面前的,是一片含着水珠的玫瑰花圃。这些散发着幽香、象征着爱与真情的花朵仿佛为香妃的存在而更加美丽生动。

香妃墓就像阿拉伯童话里的宫殿一样立在一座铺满了雕花石砖的平台上,绿色琉璃砖贴成的墙面在400年后仍翠绿得可爱。宫殿很高大,因而走进去就显得异常的空阔和凝重。整座墓室都笼罩在一种幽谧而沉静的氛围里,几个黄发碧眼的外国游客也放轻了脚步,压低了声音,倚在围栏旁寻觅着他们心中的香妃。我也在寻觅着,那大大小小几十座坟墓上,都覆盖着色彩各异的锦缎。朋友指着一座很小、盖着黄缎、没有标识的墓说:"那就是香妃墓。"我看着毫不起眼的墓,心想:那里面静静睡去的,就是香妃吗?送她归来的驮轿就在我的身旁,上面落满了岁月的尘埃,还有挂在驮轿上照着香妃星夜兼程的两盏方灯也已破败得只剩骨架了。但永远鲜活在维吾尔人心中的,却是香妃传奇的一生。

香妃叫伊帕尔罕,在史书上也不叫香妃,而叫容妃。她和乾隆相伴了30年,有着深厚的感情。乾隆还向她学习维吾尔语,并且用维吾尔语和她对话。最近,新疆拍了一部戏,是演绎乾隆和香妃爱情传奇的。戏中的香妃一改从前纤纤弱质之态,英姿豪发,在平定大小霍加之乱中策马挥刀,与乾隆相识、相爱。仔细想去,这个故事既推陈出新,又有历史依据。伊帕尔罕自幼随家人流浪,回喀什噶尔又遇叛乱,与家人再度逃难。她的哥哥英勇善战,在平叛中屡出奇兵,想那虽出身贵族却饱尝流离之苦的伊帕尔罕,也有刚毅坚韧的性格。沙枣花,生于戈壁荒漠却能抵御风沙干旱,生命不息,与恶劣环境的斗争不止。所以,虽然喀什噶尔也有诸多的香花丽卉,但人们心里的香妃,身上带着的就是天生的沙枣花香,那朴素而浓郁的香气,似乎预示了香妃坎坷而壮烈的人生历程。香妃死后也并未返乡,而是葬于皇陵。这些史实证明我所看的香妃墓里,其实并没有香妃。香妃只是维吾尔同胞美丽的梦想,是和平、善良、团结的化身。或者说,维吾尔人怀念她,盼望维吾尔族的优秀女儿能魂归故里。那么摆在我身边的驮轿呢?它送回来的是谁呢?于是,又有人说,那里面安葬的,是香妃的汉族嫂嫂苏黛香,苏黛香在喀什十分爱护维吾尔族百姓,修水利,济贫困,被维吾尔人称做"同心"迪丽达尔汗。而驮轿,则是她送丈夫遗体时所用的。听完这些故事,我久久凝望那纤小的坟墓,忽然觉得安葬的是谁其实并不重要,重要的是,香妃在各族人民心中,已不是一个人,而是一种象征,一种血脉相通的感情的升华。正如千百年来汉家女儿远嫁塞外一样,她用自己的一生去维系民族的亲情、友情和爱情。王昭君不是也留下了许多座"青冢"吗?那么,多几座香妃娘娘庙又何妨呢?她的芬芳是永留人间的!

香妃墓大门外侧有展览馆,展示了古尼雅遗址、喀拉墩遗址有一幅织锦护臂,织的是篆文汉字,曰:"五星出东方,利中国"。我在想:两千多年前的西域,何以织出这些汉字,是冥冥中的一种暗示?还是纺织娘娘深受汉文化的熏陶,织出的一句祝福?另外,织着汉字的还有锦袭、锦被,如"王侯合昏,千秋万岁宜子孙"、"世母极锦,宜二亲传子孙"等,无不充满了喜庆和睦的气氛。可见当时汉、维的先祖是何等融洽,亲如一家。

古巷"马的"

潘黎明

几年前坐过一回"马的",是到香妃墓去的。那些英俊的马匹拉着顶上盖着红锦的板车,精神抖擞地在东巴扎前面的坡顶上等待着顾客。车上铺着维吾尔人家自己刺绣的毡毯,图案惟妙惟肖。坐车的大多是从巴扎返回的乡里农民。和他们坐在一块儿心里感觉一下就和这个民族拉近了距离。

后来再去看香妃,就找不到马的了。只偶尔见到骑自行车的去旅行的外国游客,和挤满在香妃墓大门前的出租车。那一路清脆地响着铜铃的马的,再也看不见了。想必是嫌那马儿不懂得讲文明卫生,有随地大小便污染环境之嫌,故而取消了它们拉客人去风景区的资格。坐着出租车去看香妃,自然是方便快捷且洁净卫生的,闻不到那马儿身上的臊气。但也失去了一路和维吾尔人聊天的机会,失去了一路看着树丛中的春苗、民居、和晃晃悠悠慢慢行进在历史中的体味和乐趣。

好多年以后,一个女孩跟我说,坐马的去吧?我吃了一惊,喀什还有马的吗? 女孩瞪着圆溜溜的眼睛:有啊,怎么没有!

马的当然不是去香妃墓的,也不许在大街上

跑,它深藏在一条小巷子的尾部。专门拉客人去东巴扎。小巷的两边都是卖水果的, 几个披着头巾的维吾尔妇女守着一篮杏干或梨子, 落寞地站在一大群热烈叫卖的男人中间, 只在有人问津的时候,才小声说着价格。

穿过这些热闹,是一小片空地。马的就集中在那儿, 大约有六七辆, 白马飘逸, 枣红马俊朗, 黑马老成。可能是不想让马儿甩尾巴影响客人,大部分马的尾巴被捆成了一个髻,马脖子上长而华美的鬃毛也被剪短了。使那马儿一看就是驯服的,没有野性的。这让我心里不太舒服。我喜欢那马儿天然的姿态, 即使拉着车,也能让毛发飞扬,小跑起来的时候,长长的马尾巴飘拂成一种自由的风景。

不过我们很快找到了一匹没有被捆绑尾巴、剪掉鬃毛的枣红马儿,赶车的是个中年的维吾尔汉子。收钱的却是一个"小巴郎", 也就十来岁,头发漂亮地微卷着,眼窝深深的,越发显出睫毛的长和翘来。小巴郎有些惊奇我们的到来。他眨着他的羚羊般和眼睛, 把我们让到马车的最前端,指着马车车帮旁绑着的木头横轴说,踩好,不要掉下去了。敢情那歪七扭八的长木头是"踏板"。我们也欣然地坐好、踏实了。一会儿,马车上就坐满了七八个人,有披着头巾的福态的维吾尔族老大娘,也有漂亮的擦得香水、穿得红红绿绿的少妇。还有两个留着雪白胡子、戴着花帽、穿着袷袢、腰里系着长长的布腰带的老大爷。以及两三个神态幽默,老是和我们说笑的年轻人。

赶车的中年汉子, 举起手中细细的鞭子, 在马屁股上轻轻一打,吆喝了一声,那枣红马儿就快乐的一扬头,沿着小巷,轻快地迈开了步子。

路边还有一些馕坑,几个维吾尔巴郎忙着揉面,做馕坯,往馕坯上撒葱花、芝麻。然后啪地拍在烧得发白的馕坑壁上,已经烤得焦黄的,就用一根钩子钩出来。甩在旁边的巨大的盘子里。于是整条小巷都飘荡着那烤馕的焦香味和葱花味。

小巷的路很不平坦,马车一路跳着舞,我们也在车上东倒西歪的，伸着手乱抓一气。这才明白小巴郎为什么叫我们"踏稳了，别掉下去"。有时遇到一个很陡的下坡，就更让我们心惊肉跳。生怕一个"马失前蹄"，把我们扔了出去。好在这马儿"久经沙场"，老练地后腿微弓，放慢脚步，轻松地下了徒坡。有时巷里又迎面来了一辆马车，是刚从东巴扎那边回来的。车上也坐着几个维吾尔老乡，怀里抱着包袱，包袱的一角露出艾德莱丝绸鲜艳的颜色。错车无疑是比较麻烦的。必须有一辆马车到一处略为宽敞的地方，比如谁家凹进去的门口，停住，让对方走过，才能再上路。

一路上身边的维吾尔同伴都在和我们说话。他们问我们是不是外地来的游客。我笑道，不是啊，我就是喀什人。他们更惊奇了，喀什人还坐马车？怎么不坐公交车去东巴扎？我想了想，这样比公交车有乐趣。他们也笑，那个听不懂汉活的大娘也在笑。有一点灰蓝的眼里，满是慈祥。

小巷的路并不太长，一会儿就走完了。马车停在了一个可以遥望到东巴扎的高地上。往下是数十级石阶，石阶旁还有买凉粉的小摊。我们恋恋地跳下了马车，走下石阶。好久之后回头，还能隐隐看到那枣红马儿俊逸的身影。

喀什噶尔的乐器世家

潘黎明

"女为胡女学胡妆，伎伎胡音务多乐,《火凤》声沉多咽绝,《春莺啭》罢长萧索。"这是唐代诗人元稹描写西域乐舞的诗句，至今仍能让人感受到那乐声的深沉悲壮和清丽婉约。

喀什噶尔古称疏勒国，它的"歌舞之乡"的美名可直朔汉朝，那时的疏勒乐曲就已十分出名，至隋唐时期疏勒乐已达到鼎盛，并对中原音乐产生了深远的影响。

在今天，我们仍能听到这些悠扬的乐声。他们出自那些千姿百态的精美乐器；都它尔、热瓦甫、沙它尔、卡龙琴、艾介克……为了追寻当年西域乐风的辉煌，我在初夏一个晴朗的早晨，漫步在喀什噶尔的街巷，在浓缩了喀什文化与历史的手工艺品一条街——吾斯塘博依街上彷徨。忽然传来了几声清音，幽幽的，断断继继的，穿过街巷的上空，仿佛天籁，直入耳鼓。"噢，你听，是沙它尔的声音。"同行的维吾尔族姑娘兴奋地说。

循着那乐声，我们走进了一家不起眼的、古朴的乐器店。弹奏乐器的是一个中年维吾尔族男子，他告诉我，他是阿克苏文工团的乐队队长，名叫阿不来提，是专程来这家店订做乐器的，"全疆很多文艺团体都到这里来买乐器。因为它是一家老店，做的乐器音色好，装饰也精致。"阿不来提边说边继续沉醉地弹起了沙它尔。那真是一把精美绝伦的沙它尔：油亮的琴身呈华贵的红黄色，上面刻满了花纹，琴头雕成了一只振翅欲飞的小鸟，让人觉得那清脆圆润的琴声仿佛是清晨鸟儿的歌唱。

乐器店的隔壁就是手工作坊。几名老工匠正在埋头砍、削、旋、凿，那一块块木头在他们的手里魔术般变成了圆型的空心的琴体和长长的、纤细的琴身。做琴体和调弦是店的主人，年近70岁的阿巴拜克日。"因为这两样最重要，关系着乐器音质的好坏。"阿巴拜克日说。他从9岁就跟着父亲学艺了，几十年来，不知有多少把奏出了绝世音乐的乐器诞生在他的手里。可以毫不夸张地说：喀什噶尔街巷中格拉纠鼓的脆响、艾提尕尔广场都它尔的张扬、麦盖提刀郎之乡卡龙琴的清幽，几乎都来自阿巴拜克手中的刻刀。他可以制作维吾尔族所有的乐器，品种多达20余种。阿巴拜克日告诉我，之所以全疆各地包括喀什本地的艺人都喜欢用他做的乐器，是因为这是一门祖传的手艺，几代人的精心打造，几代人的细心研磨，使他们的乐器不佀音色圆润，而且很有艺术收藏价值。

在琳琅满目的乐器中，我仿佛感受了疏勒穿透时空的魅力，忍不住取下一把热瓦甫顺手弹拨了几下，虽不成曲调，却弦如弯弓，射出了几支锐利又不失清润的音乐之箭。声音之洪亮高吭出乎我所料。

见我对乐器如醉如痴的样子，阿巴拜克日捻着胡须颇为得意地谈起了家史，他告诉我，大约在1000年前喀喇汗王朝，喀什噶尔就成了西域经济文化的中心。手工艺者纷纷到喀什来谋生发展，他的祖先也是在那时候来定居喀什的。那个时候的喀什噶尔十分繁荣，人们热爱音乐、诗歌和舞蹈，制作乐器也就成了一门非常受人尊重又能够安身立命的好手艺。

在维吾尔族音乐中，也有不少流派。所用的乐器也不尽相同，喀什噶尔木卡姆即出自麦盖提县刀郎后裔的创造，主打乐器为卡龙琴。卡龙琴很像中原的扬琴，在经弹拨为主的维吾尔族乐器中十分独特，但它敲击起来时却音色甜美，韵味悠长，毫不比扬琴逊色。制作乐器的时候就要对各个音乐流派作深入的了解，不仅自己要熟谙音律，还要摸透每种音乐的特色的风格，或悠远、或深邃、或欢乐、或悲壮，这样才能调好弦，让乐器成为音乐的灵魂。

阿巴拜克日老人还告诉我，大约在1880年前后，他爷爷的爷爷曾远赴俄罗斯、乌孜别克等国家，在那里开门授徒制作乐器。他们的文化和我们很相似，音乐也大同小异所以我们做的乐器在那边很畅销。由此可见，维吾尔族的文化不但在中国影响深远，在中西亚也留下了十分明显的痕迹。这大概是由于喀什噶尔自古为中西方文明交汇点的缘故吧。总之，阿巴拜克日的家族从此成了乐器世家，世世代代以制作乐器为主，从莎车、叶城、和田等地来的学徒也不计其数。

1950年，喀什噶尔解放后，阿巴拜克日和其他手工艺者一样进了喀什工艺美术社，80年代后在政策的引导下又开起了乐器店。后来旅游业发展迅速，阿巴拜克日到深圳、广州等地去旅游了一趟，回来以后脑子更活了，不仅制作演奏用的乐器，还将乐器制作成小巧精致的旅游纪念品，吸引了不少中外游客呢！

我们去的时候，他正在制作"镇店之宝"：一把8.5米长的巨型热瓦甫，他说：这把热瓦甫要3年才能做好，它是维吾尔族音乐的象征，也是我们这个乐器店世家的象征。

在我们将要离去时，阿巴拜克日老人又给我们讲了一个故事：传说在很久以前，一个白胡子老人踏着祥云来到喀什噶尔的高山上，弹起了一把沙塔尔，那美妙的音乐让风都停住了脚步，让鸟儿都停止了歌唱。老人离去后，喀什噶尔的居民思念这美好的音乐，纷纷仿制老人弹奏的沙塔尔，但树木葱茏的高山都伐秃了也没有做出一把能弹出动人音乐的琴。一位年轻人决定到更远的山上去寻找能奏出仙乐的树木。他走啊走啊，碰上了一位老人，老人问：

"小伙子,你干什么去?"年轻人说:"去伐树造琴。"老人笑了笑说:"要伐你就伐桑树,因为当年的老者弹沙塔尔时,别的树木都睡着了,惟有桑树用心听着,那仙乐就渗透在桑树的体内,所以只有桑木才能做出有美妙音乐的琴。"从此维吾尔人制作乐器都用桑木。

木头尚有有思维与灵姓,何况人呢?

塔吉克人的婚礼——梦想的天堂

潘黎明

　　塔吉克人的婚礼一般都在秋天举行,那时,青稞刚刚收过,土地里还残留着丰收的气息,小麦在场上堆成了黄灿灿的小山, 打麦人正迎着风扬起刚打下的麦粒。春天下的小羊羔都长大了,不再调皮地撒着欢乱跑,而是安安静静地在草原上吃草,它们的毛都像雪山上的雪一样洁净, 眼睛都像湖里的水一样清莹,纤尘不染的样子。正适合做送给新娘家的聘礼。

　　那些塔吉克女孩子, 吃了一个夏天新鲜的酸奶子,个个脸色红润,体态丰盈,羊羔一样深而乌黑的眼眸,好像随时能"溅"你一身柔情。坐在牧场上绣了几个月的荷包和手帕都完工了, 正可以悄悄送给心上人,传达给他一些爱的信息。

　　这真是一个完美的季节。在这个季节完成的婚礼,当然也是美丽无比,不留缺憾的。所以,许许多多的游客、摄影家赶上千里万里的路,只为了参加一场婚礼。

　　收了荷包,小伙子的心儿也醉了,赶快回家商量,该到姑娘家提亲了。那只早就选好的羊羔当然是羊群里最漂亮的,新长的犄角略略弯着,毛色柔滑明亮,肥嘟嘟的,角上系上红绸带,更是英气勃勃。一路赶着去女家的时候,都高兴地咩咩叫阒。

婚期定在10月的一天,那几天里,新郎和新娘什么都不用做,就在屋里养精蓄锐。塔吉克人向来以新人为大,所以一切婚礼琐事均不用他们操心。他们惟一要做的,就是养足了精神做新人。

这年的秋天,我刚好也去了帕米尔高原,也参加了一位塔吉克姑娘的婚礼。姑娘名字叫"古丽"——真是一朵高山上的雪莲花,差怯安静,长长的睫毛低垂着,遮住了那双多情的眼睛。

新娘穿着一袭纱裙,还没有穿盛装,那是因为在等男方送给她的嫁衣。按风俗,塔吉克人结婚时,婚服由男方准备,婚礼这天由新郎带到新娘家,亲手奉上,女方才能换装出嫁。

新娘的首饰都准备好了,那头饰上华美的银链中缀连着彩色的宝石,帽前垂挂着"斯力斯拉"(一排小银链)像刘海儿一样遮着姑娘光洁的额头。大红的丝穗和同样用宝石银莲制成的辫饰沉甸甸在垂在长长的辫子上。而新郎送来的嫁衣是大红颜色的裙装。

换好装后,矿石粉制的颜料也准备好了,一位长者出来,给新娘脸上涂上象征吉祥幸福的图案。

那新娘子——古丽站了起来,让我目瞪口呆,她简直就像月亮一样迷人!走动起来的时候,耳环、头饰、胸饰,包括脖子上宝石和项链都似乎在发出悦耳的声响,虽然这声响淹没在狂欢的人潮里,但我还是听到了,那是一种多么欢喜的声音。要做就做塔吉克新娘呀,那真是人间最幸福的事。不但拥有一生中最美丽的时刻,而且也从此拥有了一生不变的真情。

在古丽家举行结婚仪式时,几位长者向新人肩头抛撒着面粉,我的肩头也抛上了一层洁白,有几个外地游客赶来赶紧拍掉面粉,怕污了崭新的外衣。我却知道这是塔吉克人最诚挚的祝福。

婚礼仪式在女方家结束后,又在男方家进行,宗教仪式举行完后,拜德尔汗让新郎新娘同喝一杯盐水,同吃了一块肉和馕,表示从此他们将共同生活了,并且将男女双方手指上缠着四根红白绸带的戒指互换。

拜德尔汗是塔吉克人婚姻生活中的重要人物。直译为"婚姻之父"。婚姻之父是由女方选定，双方协商解决的。不论年龄大小，但必须是有声望、受人尊敬的。选定后双方就要像尊重父母一样尊敬的。婚后若夫妻不和，女方不会跑回娘家诉苦，男方也不会找我们母来理论，而是由婚姻之父出面调解，公平处置，让双方都心服口服，和好如初。

柯尔克孜人的快乐

潘黎明

　　正在想这些柯尔克孜人的时候,帕米尔打电话来了。帕米尔是我在帕米高原上认识的。也因为他,我认识了阿拉依木和巴合提古丽,还有别的那些不知名的柯尔克孜人。

　　帕米尔高原的夜总是比较寒冷的。虽然是七八月份,但连那紫色和粉色的小花都在蜷缩起了身子,寒风从雪山上下来,哈着冷气,让人不自觉地要打寒颤。

　　我躺在旅馆里,真的不想走出去。高原上只有白天好看,温暖的南风和碧绿的、开着小花的牧场,还有那些牦牛和山羊,红头巾的女孩和白头巾的大娘。

　　晚上有什么呢? 但巴合提古丽先打电话叫我,又骑了一辆摩托车来接我。我躲在旅馆窗帘的里面,不想看到她。虽然她是一个脸色红润的、开朗的姑娘,但我真不想出去啊! 怕冷,也怕喝酒。你简直不知道高原上的人是多么能喝!好像永远不知道醉一样!

　　每次我被人叫去,总是喝得天旋地转,然后两三天难受得恨不得抓几把雪山上的雪塞到胃里,凉一凉。

可是一会儿，巴合提古丽又来了，在街心那只鹰的下面张望着。我不忍心她那样，就下来，和她一块去了。

那是小城郊区的一家餐厅，也想不起叫什么名字。我进去的时候，那些柯尔克孜人已经喝了差不多一箱子白酒和不知道几箱子啤酒了。大约也就十一二个人吧！其中还有一个巴基斯坦人，住在城里，专和中国人做生意。实际上，那天晚上这个餐厅里有好几个巴基斯坦人，大家都坐在外面的大厅里，方便跳舞和欣赏音乐。

阿拉依木看到我特别高兴，说，你放心，我不会让你喝酒的，我会照顾你的！阿拉依木是个挺漂亮的柯尔克孜族女孩，苗条，脸庞瘦俏。据说她的名字翻译过来是"嫁给我吧"的意思，所以一喊就有一种特别亲密的味道。

帕米尔显然已经喝了很多了！眼睛红红的，但仍然学清醒，给我介绍在座的朋友，差不多都是从乡下来的。我认真地看了看他们，穿着随意，脸和手都很黑，那是太阳留下的印记。但是有一个柯尔克孜人，是在喀什工作，这次上山是为了执行任务。和其他柯尔克孜人不一样的是：他很白皙，没有太阳特别"照顾"过的痕迹，而且身着整洁，看上去温文尔雅。

大家接着喝酒。不知道谁带了一把吉它，于是都轮着弹唱。不得不承认，在帕米尔高原特别适合这样歌唱。不管多么高声、嘈杂的声音，都会很快被周围暗夜中仍然耀眼的山峦和星空吸收干净。

巴合提古丽拿过吉它，唱起了歌，是柯尔克孜人的歌曲，我一句也听不懂。但是很好听。唱着唱着，那些乡里来的柯尔克孜人，都跟着哼唱起来，他们拍着手，眼睛亮亮的，盯着巴合提古丽。间隙中，我问巴合提古丽。这是一首什么歌？巴合提古丽说：是我自己编的歌。唱的是我的第一次爱情。她讲了一下歌词，好像是说当爱情来到身边的时候，她没有去抓住；当爱情远去时才怅然想到他。

当歌曲唱完的时候，大家都为巴合提古丽欢呼了。他们无限热忱地拥着巴合提古丽，似乎一下子都爱上她了。我被人挤来挤去差点失去了安身之所。

阿拉依木唱得比较温婉,嗓音柔柔的,使得坐在她背边的那个小伙子痴迷不已。

一首歌也能引来爱情!你相信吗?天那,居然就发生在我身边。似乎柯尔克孜就是这么坦荡直爽,这么敢爱敢恨,你不佩服都不行。

唱完了歌儿,他们又去跳舞。这个餐厅就是专门为这里的人设计的。因为这些居住在深山里的少数民族是那么热爱舞蹈。好像他们的喉咙生来就是为了歌唱,身体生来就是为了舞动。所以,吃饭也不能忘记欢歌劲舞。

一打开门,那些音乐就轰轰烈烈地扑了进来,抓住柯尔克孜人载歌载舞,拖进外面的大舞池里。舞池的周围也是餐桌,也坐满了食客。他们展开手臂,以一种飞翔的姿态跳动起来。

跳到兴致浓时,巴合提古丽和阿拉依木还跑去拿过乐队歌手的话筒,现场唱起她们的柯尔克孜歌曲。或者拉起一个坐在门边,落寞地看着别人跳舞的巴基斯坦人一块跳舞。总之,他们的欢乐是肆无忌惮的,和他们比起来,我们的欢乐像水,看上去浩浩荡荡,其实喝下去是很平淡的。他们的呢?却像酒,看着是水,可是一喝下去就会燃烧,浓烈得让人一下子会醉上好几天。

喀什古巷的土陶人家

潘黎明

喀什市是一个古代文明发达的地方，据史学家考证，大约六七千年前，这里就进入了新石器时期，与我国内地的仰韶文化同期。在喀什市附近、疏附县乌帕尔乡一带，还出土了大量新石器时期的文物，其中就有不少土陶。这些土陶都是手工捏制的，有盆、罐、钵、瓮等，口沿上大多装饰着圆孔和突钉，虽然简陋，却透视出古喀什绿洲的高度繁荣。

寻找土陶传人

土陶代表了一个时代，土陶延续了绿洲文明的血脉。掠过历史的断层，我们走进喀什深处，寻找土陶的踪迹。在喀什市东湖一带，美丽的土曼河之上，有一处高地，这里曾是千年前喀拉汗王朝的王宫旧地，如今已是维吾尔人欢乐的家园，这个地方叫"江浩汗"。

这里的居民都是世代在此繁衍的，传承着古老的习俗和文化，据说土陶就是在这里生存至今。经过几千年的变迁，土陶艺人已恰好成了两派，一派是专做花盆等大型器皿的，一派是制作碗、壶、罐等小型器皿的。我们将要拜访的是后者。夏日的一个午后，我们沿着陡峭的石级，攀过层层叠叠的生土建筑，向江浩深入前进。在几处悬崖上，我们看到了用架子搭晾着的土陶花盆。原色的、不十分规则的样子，混在一大片土屋中，更衬出古城的拙朴与原始。古巷曲折幽深，让人恍如穿过时空隧道，一下子从现代都市回到了中世纪的伊斯兰古堡。小巷里有三两个依门而立的少女和光着屁股玩耍的幼童，听说我们要找土陶传人，他们很热情地指向江浩汗的最高处，告诉我们，那就是有名的土陶之家——祖农·阿西木家。他家祖祖辈辈都是以制作土碗为生的。

绘画的老阿妈

推开院门，我们顿觉视野开阔。迎面是一个没有围栏的平台，站在上面可以看到滔滔的土曼河和东湖的千顷碧波。平台的一角坐着一位维吾尔族老阿妈，她脚前伸展开去的是一大片还没有烧制的土陶碗。老阿妈坐在白花花的烈日下，聚精会神地给手里的泥巴碗画上花纹，打上彩釉。那些花纹细腻而奇特，有的像摇曳的葡萄枝蔓，有的像半开的石榴花瓣，有的像土曼河的水波，落笔之处无不显示出主人心思的灵动和纤巧，让人觉得维吾尔族真是一个爱美的民族。

经过交谈，我们得知老阿妈是土陶传人祖农·阿西木的妻子，名叫依明娜汗。看她娴熟的绘画手法，我以为她一定也是祖传的手艺，或者经过了专门的学习。可依明娜汗笑着告诉我们，她在嫁入这个土陶人家之前，根本不懂得绘画。但是一接触这些充满了灵性的泥土，就好像成了天生的画家，大自然的各种景观装满了胸膛，树叶、花草、山河都呼之欲出，随手画来了。

我们看了看那些颜料，发现只有青、白、红等简单的几种。依明娜汗解释说，这些颜料都是自然的，红的是铁锈和赭土，淡绿、纯白的是河中的青泥和山中的彩石。在一间土屋的角落，我们看到了一大堆从昆仑山采回的石料,一盘沉重的石磨搁置在石堆旁。这些彩石就是通过石磨磨成石粉,变成与泥土为伴的美丽图案。

祖农·阿西木的土陶生涯

在我们和依明娜汗说话的时候,祖农·阿西木回来了。他是一个看上去不善言谈的、木讷而瘦小的老人,留着花白的山羊胡子。见到我们,他微笑着把右手放在胸前,向我们敬礼,然后领着我们去参观他的土陶作坊和土陶陈列室。作坊紧挨着一间老屋,老屋是他的祖父留下的,有近200年历史了,屋里还保留着老式的壁炉和烛台。顺一座木梯爬上阁楼就到了制陶坯的地方,这里光线昏暗,四壁的木架上摆着脱好的土陶坯,猛然望去,宛若油画般的感觉。

我摸了摸这些陶坯,润泽中略有沙性,更让我肯定这和远古时代喀什的夹沙土陶同出一辙。

祖农·阿西木站在他自制的制陶机上,在木制轴盘下装上陶泥,用脚使劲一踢下面的木轮,轴盘就开始转动起来。然后他不停地踩着脚踏板,并用手贴着陶泥,凭借几十年的经验和手感向我们展示了他制陶技艺的精湛。几分种后,一个土碗就脱好了。他把土碗放上架子,告诉我们,他从9岁起就跟着父亲学艺,和他一起学的还有他的哥哥。现在,哥哥已经不在了,但侄子仍然在做土陶,而且用上了电动制陶机,不再用脚踩了。

来之不易的陶土

在采访中,我看到祖农·阿西木的儿子在揉着一大团陶土,揉的过程中掉下一小块,大约只有手指肚那么大,但他立即停下来,把这块陶土捡起来,放进土团重新揉。

祖农·阿西木老人告诉我们,在做土陶的时候,最重要的就是陶土。喀什地处沙漠边缘，一般的地方土壤沙性太大，根本烧不成土陶。要找陶土，必须要到几十公里外的河道里去寻觅洪水冲下来的淤泥。这种泥细腻柔软，沙性小，是做土陶的上品。但是由于路程太远，土陶艺人必须要雇驴车一车一车往回运，运到江浩汗边缘时，驴车攀不上悬崖，又要靠人一袋一袋往上背。

正因为陶土来之不易，所以凡是作土陶的人都惜土如金。

差一点成了最后的传人

土陶陈列室原是祖农·阿西木父母的卧室。进门有一个小小的门厅，厅里放着一个洗手壶，细颈、大肚、弯柄，没有上色，样子古拙可爱。祖农·阿西木告诉我，那是他父亲烧制的，至今已有七八十年了。

陈列室的土炕上摆满了各式各样的土陶作品，有碗、有壶，大小不一。祖农·阿西木感叹地说，自己差一点就成了最后的土陶传人。在经济不发达的时候，维吾尔人都习惯用土陶碗罐盛饭装水。可后来，瓷器因其美观价廉夺走了土陶的市场。虽然土陶有很多优点，比如盛食物比瓷碗凉得快、不易腐烂等，但终因古老而遭人遗弃了。他的12个子女全都另谋生路，没有一个跟他学做土陶的，最后只剩下他们老两口在坚持，因为他们没有别的技术。最惨淡的时候，他们一天也卖不出一个陶碗。

最近两年，喀什的旅游业发展了，许多外国游客都来到他们居住的古巷，看上了他做的土陶，纷纷掏钱购买，让沉寂了10几年的土陶生意一下子红火起来。

走出古巷，我们重新回到了喧嚣的城市，但是祖农·阿西木和他的土陶依然留在我的脑海里，我祝愿这个传统而古老的手工艺品永远不要被岁月的烟尘埋没，永远不要成为历史。

热闹的古尔邦节

潘黎明

巴扎上的人们

古尔邦节的前两天,是大大小小的巴扎一年中最兴盛的时候,喀什的东门巴扎每天的流量能达到10余万人。头巾、花帽、器皿和羯羊,都是人们采购的对象。

巴扎上最漂亮的当属维吾尔族的姑娘们,她们身上不知涂洒了什么香料,走过你的面前总能带来一阵幽香,久久不散。她们嬉笑着,拿着卖帽人的镜子,试戴新款的紫羔皮帽或者银狐皮帽,或者选一条艳丽的纱巾,系在发间。

主妇们最关心的,是家里节日要用的盘盘盏盏,去年买的瓷器已经过时了,你瞧,今年新上市的玻璃多么晶莹剔透,像水晶一样高贵迷人。家里准备了几十样干鲜果品,糕点小吃,要拿玻璃盏盛上,该多诱人!

过去,每逢古尔邦节,主妇们都得忙上好几天和面炸馓子、烤油馕,面里要兑上牛奶、鸡蛋和蜂蜜,馓子上要撒上方块糖碾成的糖粉,这才能算上是招待客人的好食品。现在可不一样了,巴扎上也有油馕，还有花色各异、招人喜爱的西饼、糖糕，一亲友称一些回去，可以摆上十几个碟子，又体面又好吃，省了主妇的许多麻烦。

孩子们则趁着节日的喜气，缠着阿娜（妈妈）给他们买一碗鲜美可口的酸辣凉粉或冒着热气的羊杂碎汤。维吾尔人很是爱美，卖的小吃也很有艺术特色，鲜红的辣椒和翠绿的香菜，把整个古尔邦节都映得热闹亮丽了。

男人们忙着去巴扎，他们担负着节日里最重要的任务，那就是选回一只肥美的羯羊准备在节日里宰杀。古尔邦节又称宰牲节，传说亚伯拉罕有一天梦见真主要他杀了自己12岁的小儿子以示忠诚，第二天，他果然把儿子捆了磨刀要杀。就在刀落的那一刻，真主被他的真诚感动，降下一只黑羊着代替了他的儿子。从此以后，每年的这一天，穆斯林们都要杀羊以表达对真主的虔诚，即使是家境清贫的穆斯林也要想方设法杀一只小羊，或者两家合杀一只羊。选好了羯羊，男人们带着妻儿，心满意足地往家赶。今夜，他们要沐浴净身，穿上新衣，等待好神圣一刻的到来。

艾提尕尔的欢乐

天还没亮，月亮刚斜到天边，艾提尕尔清真寺的顶楼就传来了阿訇悠长的呼唤，穆斯林们闻声疾步走出家门。一时间，喀什的大街小巷涌满了人流，他们像潮水一样涌向艾提尕尔清真寺，涌向这个古老的宗教圣地。

艾提尕尔清真寺还铺了一条世界上独一无二的地毯，这块地毯全部由真丝织成，是前伊朗总统、精神领袖哈梅内伊为向往的艾提尕尔清真寺定制的。1989年，他在北京访问时专程坐专机赶到喀什，亲手送上地毯并在此做礼拜。

祈祷完毕后，清真寺门楼的平台上骤然响起了鼓声，清脆而响亮，和着唢呐的乐音，把古尔邦节的舞曲演奏得明快而活泼。人群激动起来，即使是百岁老人，也动作苍劲地跳起了萨玛舞。这种舞蹈是畅快淋漓的，那是男性的雄壮的舞蹈，往往能够持续两三天。

这种数万人齐舞的壮观景象,总能让来喀什旅游的人叹为观止,并且真切感受到那种源于心底的快乐。

小巷里的人家

作完礼拜,小巷的家家户户都开始准备杀羊了。男人们拿着锋利的"皮恰克"匕首,准确而熟练地刺进羊喉,然后剥皮去内脏,一整套程序只需20多分钟,大块大块切好的羊肉就能放进锅里煮了。

客厅的地毯上早已摆好了各色各样的食品,主人和亲友们一边喝着酥茶,一边吃着馕子和蜜枣,耐心地等待着肉煮好。维吾尔人的屋子里温暖如春,铁炉子的热气裹着煮着肉的香味飘散在屋子的每一个角落。

在等待的闲暇里,主人拿出热瓦甫、手鼓和卡龙琴,即兴演奏一段木卡姆,唱几曲维吾尔族民歌。他们不仅生来就是舞蹈家,而且个个都是歌唱家呢!那浑厚的歌声带着浓郁的风情缭在小巷的上空,引得鸽子都敛起翅膀,在对面的屋顶踱步。

而女人们是闲不住的。她们邀上三两女伴,一起走过古老的街巷去走亲访友,一起谈论往事、丈夫和孩子。

帕米尔的天堂人家

潘黎明

卡拉库西塔牧人的家

卡拉库西塔是我们去的第一个牧人居住点。在塔吉克语里,卡拉库西塔是马鞍的意思,那么牧场就是一块马鞍型的巨石。

我们在河谷中奔走了很久,然后驾驶着老式的吉普车上山。下车后,迎面就看到了那块巨石,果然像一个巨大的马鞍,中间的圆孔足有两人高,马鞍旁还堆垒着几块山石,每一块都有两层楼那么高大,仿佛是神人搬山时落下的石块。牧人的家都依巨石而筑,石屋没有电,牧人用牛粪点火,将屋内烧得温暖而明亮。牧人招待我们的食品很简单,一人一碗奶茶,一大盆酸奶,半钵奶皮子,加上搅拌碎的青稞或豌豆馕。见我酸得呲牙咧嘴,主人忙在我的酸奶里加了几块奶皮子。这回果然温和多了,且奶皮醇香,多了几分韵味。

老牧人曲曼在火边边添着牛粪边告诉我们,在他的羊群里常常有黄羊混入,偶而还会有小羊留下,长大后与家羊交配,产下的羊羔更加健壮漂亮。在说羊的时候,老牧人眼神温柔。牧人们的生活单调而又充满情趣,每天与青山白云为伍,而他们也十分钟爱这种日子,好像羊群是他们生命中的一部分。在很长的一段岁月里,他们是不卖羊的,羊群本身就代表着他们的财富和地位。所以每年的秋季,叶城、喀什的维吾尔族商人来,用盐巴、洗衣粉等日用品交换羊只。乡干部做了很多年的工作,他们才慢慢改变传统,开始出售自己的羊只。

依明江的旅游家庭

塔什库尔干乡的乡长和阿里甫带我们去了一个搞定点旅游的家庭,主人叫依明江。

依明江的家离县城不远,坐落在一片青稞地旁,一条小渠绕过房前,几株白杨婆娑挺拔,屋舍旁篱笆青青,清渠边茸茸的绿草地上开着紫色和黄色的小花。我们去的时候,依明江正送十几个在北京大学留学的欧美学生出来。金发碧眼、穿着T恤的留学生们是来考察塔吉克民俗的。他们在这住了一夜,这会儿一个个推着自行车,背着背包,从我们面前走过。

依明江的房子比较宽敞,保留了塔吉克民居的特色。院门上,挂了一个巨大的羊头骨。依明江说,这是他以前放牧时从山中捡回来的。羊头骨已经发白,看上去确也有些年头了,在羊弯弯的犄角下,两个深深的眼窝里被装上了两只小灯泡,作为晚上照明用,让人能觉出主人心思的巧妙。

依明江的家里准备了很多风味食品,端给我们品尝的主要是馕和一种叫"阿尔扎克"的油炸面点。他在昨天晚上还专门给留学生做了叫"勃特"的用酥油和面粉煮的糊糊,以及叫"色里木林奇"的用米、牛奶和酥油煮的米饭。那都是塔吉克独有的特色食品。阿里甫乡长告诉我们,依明江以前在县城开过榨油房和面粉厂,前两年乡里鼓励民俗旅游,他一盘算,就转卖了榨油房和面粉厂,带着老伴和女和专心搞起了家庭旅游服务。

到依明江家里来的游客大部分都是外国人。这些人尤其喜爱民族食品和民族歌舞。依明江和村里的牧民约好,客人要吃帕米尔小山羊或者想看歌舞,他就随时去通知,要不了半个小时,就能宰好一只肉质鲜嫩的小山羊,请来五六个民间乐手。晚上,客人们吃着手抓羊肉,看着塔吉克传统的鹰舞,兴致来时,还能就着鹰笛、手鼓与塔吉克少女共舞一曲。

应该说,这种家庭旅游给依明江和牧民们带来了很不错的效益。去年一年,依明江就收入了1万多元,而牧民们的小山羊平时只能卖50元一只,游客们却往往能给到150至200元一只。请来的乐手表演一次歌舞,也能收到100至200元不等的劳务费。

看依明江家庭民俗旅游红火了,世代不肯经商的塔吉克人也动了心。目前,仅塔什库尔干乡就已经有4个定点旅游家庭。

卖饰品的吐孙·买买提

我们从很远就看到了小店门口的少女,戴着绣花帽子,一身彩裙,红黄相间,鲜艳无比。少女名叫古丽努尔,是店主吐孜·买买提的女儿,放假在这帮父亲看店。

店很小,位于塔什库尔干县城街头,不太起眼;但里面的东西却让人爱不释手。塔吉克姑娘出嫁的全套头饰银光耀眼,上面镶满了绿色、蓝色、黄色、红色的玛瑙,让人能想象出戴上头饰后的新娘美丽华贵的样子。

店里更多的是本地妇女手绣的花帽、腰带、手帕和荷包,那一针一线都透着塔吉克女子的情意呢!在从前,这些东西都是少女们送给自己心上人的,而如今,却大大方方摆在了柜台上。一项手绣花帽大约可以卖200至300元。

塔吉克姑娘的手都很巧,那些手帕真是精致极了,不仅绣上了蝴蝶、花草,四周还缀满了彩色的小珠子,拿在手里沉甸甸的,像是女儿家重重的心事。

阿里甫乡长告诉我们,从前塔吉克人没有自己的文字,亲人之间都靠荷包传情达意。在荷包里装上一根烧焦的火柴,火柴上缠一根青丝，再放一颗杏仁就是告诉爱人：我思念你的心就像这火柴，被爱情之火烧焦了。情人回信时放几颗石子和一块盐巴，就是对伴侣许下的诺言：我爱你的心比石头还要坚硬，一生一世都离不开你。吐孜·买买提的小店就是这样一个收集了塔吉克人所有浪漫的地方。让人觉得塔什库尔干真的就是一座伊甸园，这里只有美丽的风景和情人的眼睛。

永远的花季

潘黎明

清晨,我被窗外阵阵的鸟声叫醒。

太阳还未升起,窗外树影婆娑。

曲廊的尽头坐着一个红衣女孩, 在万绿丛中显得分外鲜艳。她正低着头,看一本书。我悄悄走过去,她一抬头,看见了我。清澈的眼睛里满含笑意。我想问她……女孩看出了我的心思,说:"我住了一个多月了。我想,你走了,可能我还住着呢!"语气有些无奈。听她叹了一声,我忍不住脱口道:"啊,那你是什……"女孩坦然道:"先心。"我愣了一下,不明白什么是"先心"。女孩补充道:"就是先天性心脏病。"片刻她又补充了一句:"是法氏四联症。"我似懂非懂地点了一下头。接着饶有兴致地问:"你看的什么书? "她笑着举起书:一本初三英语。她说:"马上就要考试了,可我还什么都不会呢,所以我要抓紧时间复习。"她的奶奶就在这时走了过来。老人的一头白发在风里散乱着,她慈祥地嗔怪孙女:"晓晓,你才刚好了一点,怎么就往外跑,早上冷,小心着凉。还不赶快回去。"说着老人搀起女孩,慢慢地走回了病房。快到门口的时候,女孩忽然回并没有笑着对我说:"小姐姐, 明天我

307

再和你聊天。"

回到病房,我问给我打针的护士:"什么是法氏四联症?"护士头也不抬地说:"先天性心脏病的一种,如果不做手术,活不了多久的。"我的心猛然一跳,想到晓晓那样鲜活可爱的生命,也会消失吗?护士接着说:"105病房就有一个,叫晓晓,恐怕很难活过这个月去。"我急忙问:"那为什么不给她做手术呢?"护士看了我一眼:"太晚了。"我感到有一种苦涩堵在心里。护士感叹说:"那真是一个坚强的女孩,无论有多么痛苦,都没有见过她掉一滴眼泪。"

第二天我早早就去曲廊等她。可是太阳很高了也没有等到。我走到105号病房,推开门,正看见晓晓趴在床头柜上写什么东西。晓晓听到声音抬起头,高兴地说:"小姐姐,是你呀,真不好意思,奶奶不让我出去。你不会生我的气吧!"我笑着摇了摇头,走到床边坐下,小心地看着她问:"晓晓,你……觉得怎么样?"晓晓敏锐地察觉出了我语气中隐藏得很深的那一丝怜悯。她脸上的笑容一下子淡了许多,但立刻又恢复了原样:"我觉得很好,就是眼睛和脖子还有点胀痛,没关系的,我奶奶说我会好的。真的。"苍白的脸上充满着信心。我的心却象被针扎了一下,我打点起微笑说:"晓晓,你在写什么?"晓晓拿起那个硬皮本:"今天我写了一首歌,我还给它谱了曲,小姐姐,我唱给你听吧!"说罢,她轻声地唱起来……

从晓晓和她奶奶的口中,我知道了她的身世。晓晓6岁的时候,父亲去世了,母亲丢下她改嫁了。晓晓还清楚地记得母亲走后那个深夜,她从梦中醒来:"妈妈!……"声嘶力竭之后,她感到心口很闷,喘不过气来。她挣扎着向门外爬,闻声赶来的奶奶急忙把她送到医院,检查完,医生告诉奶奶,她的孙女是先天性心脏病。恐怕活不到20岁。

60多岁的奶奶就开始日夜奔波,捡破烂,收废品、卖小菜,晚上还要从针织厂拿回一大摞手套来缝边。晓晓不忍心看奶奶如此辛苦,哭着说:"奶奶,您不要再干活了,我不治病了!"奶奶伤心得嘴唇直哆嗦:奶奶要你好好地活着,你早一天病好,就早一天了却奶奶的心愿。正是这份比母爱更深厚的感情,使晓晓原本凋残的生命之花开出了鲜艳的颜色。晓晓说:"我有什么理由不好好活着呢?我觉得我活得很充实很幸福。"

在学校里,晓晓是优秀的学生。尽管随着年龄的增长,心脏负荷一天天加重,住院的次数也渐渐增多,但她从来没有耽误过学习。老师和同学经常来看她,给她补课,讲故事,还给她捐款治病。正是一颗颗真诚的爱心,滋润了这株在贫瘠的土壤中生长的小花,而这小花又把她淡淡的生命芳香播在她身边每个人的心田。在医院,只要有晓晓在,就会有笑声和阳光。我问晓晓:"你有心愿吗?"晓晓仰起头:"有呀!我有三个心愿,第一,10月2日是我奶奶70岁生日,我一定要给奶奶磕个头,祝她寿比南山;第二,再过几天就是我16岁的生日了,我希望我这几天病情不要恶化,让我好好地走进我的花季,奶奶要给我订做大蛋糕呢!第三,希望能重新回到课堂,再听老师讲一课!你不知道,我是多么喜欢上课呀!"我的鼻子有点发酸,这三个心愿,对于常人来说是多么容易实现。可是对于晓晓,可能真的只是心愿了。

6月18日,离晓晓生日还有4天,她却支撑不住了,几乎陷入昏迷,嘴唇紫黑,气若游丝。医生全力抢救,也终于没有争过死神。20日早晨,太阳即将升起时,晓晓终于停止了10年来与病魔的抗衡平静而去。晓晓的奶奶抹着眼泪将日记本交给我说:"孩子,我不识字,这本子……你就替晓晓收着吧。"我拿过日记,翻开,读着晓晓生前的喜怒哀乐,里面有这样两段话:

病魔是可怕的,但毅力却是它的克星。我会尽一切努力去战胜它,即使没有成功,我在黄泉下也将无悔,因为我是坚强的,因为我得到了世上比母爱更伟大的爱。

我忍不住泪如雨下。有人说,死亡是可怕的,但等待死亡的过程更可怕,而晓晓却以她16岁美丽的生命平静地等待死亡,仿佛死神是她10年来相依伴的朋友,而不是为之抗争的看不见的敌人。生命是这样稍纵即逝的,我们应该去善待它。

走进农场(外一章)

丁梅华

当所有的梦幻不再成为遥远的想象，当所有的记忆不再弥漫着昔日的风尘，我们以一种亘古不变的姿势俯视农场，大地便开始有了色彩和线条，大地上走来了五湖四海的农场人。我们以一种天长地久的虔诚仰视农场，在这片土地上便诞生了庄稼、青草和鲜花的气息，仿佛泥土在脚下蠕动，天边的朝霞渲染了整个寂静的农场。于是，美好的祝福在拔节中生长，一种成熟稔在翩翩舞蹈中诞生。

于是，农场习惯恪守于这片悠悠的土地，让阳光切入麦穗的肌肤，听大自然中阳光一颗一颗敲响生命的乐章，一种神圣和庄严充实着我们的心胸。而被岁月辉煌定格的瞳仁，依旧在历史灿烂的河畔，闪烁着耀眼的光芒。

走进农场，脚下的土地便是最为悠久的故事，我们用目光吮吸着农场人的纯厚朴实，便有一种生动来自他们布满沟壑的额。

走进农场，漫步在丛林小径上，我们听到涓涓流水连同农场人丰收喜悦的酽酽流淌，涌进我们心灵的荒野，染绿了我们的眼睛。

于是，我始终走不出脚下的那片风景。走不出那片风景中青翠欲滴的情感。

阳光庄稼和我

不知从什么时候起，阳光就这样肆意地照射在这片含情的土地上，总让我无法感受是你离我太近，还是庄稼离我太远。

伫立于岁月的岸边，用歌声感谢生活，让歌声和你一起左右我的一举一动。于是，我拥有五月的草原，拥有草原上宁静的遐想及遐想中清纯的飞翔。

也许此刻我所面对的只是一个远方的企盼，一截半流的水域，我不敢用晶莹触及你被旋律胀痛的眼。在旷野中，我只是一尾来回游动的小鱼，我魂我魄唯有在你千百次呼唤中，接近真实与憨厚。

是你用一种激情的绿色，注入我的肌体、我的脉搏，那缕从翅间留下的音符滑进我碧绿的生命，长成茂密的白桦林，令我倍感阳光的温暖、庄稼的清新。

擦肩而过的季节如今还在岁月的源头，即使我无法成为最好的诗人，但我仍旧会在你的回首间扬起枚枚素馨的花瓣和那条粉红色的纱巾，围困你轻曼的舞步和伤痕累累的往事。

你说，既然爱得如此疯狂，何必苦苦守望。那么请把你的手给我，让我在这方土地，用灵感的碎片引渡你走过那条河，然后聆听颤动的雨音，打湿无月的氤氲之夜，让灿烂的星光盛开在我孤独的河床。

远方

丁梅华

远方是梦幻的家园,在我们回首的那一瞬间穿越空寂的月光;远方是母亲翘首以待的仰望,让我们在黑暗中感受一种温暖的牵挂;远方很近,远方很远。

很近的远方在心中,是一种心灵魂的交融,若千年的老树,盘根错节地生活在鲜活的往事中。

很远的远方在眼中, 是一个驿站到另一个驿站的距离。在如水的视线中,生命之外的黑暗,在千年文明的灼炼下,结晶成一种深深的呼唤。

既然生命中选择了飘泊, 远方永远就会是一个终点、一个归宿。于是,我们在阳光下奔跑,我们注定要在草原牧歌的律动中,一次次走向激越、一次次接近辉煌。

既然,已经没有了最后的退路,我们就必须在经历艰辛的跋涉后抵到梦的港口。这时,远方是一个起点,也是一个开始,我们就必须用至真至纯的追求和执着,滋润亘古的信仰和远方的图腾。

远方很远, 总有一种诱惑擦亮里程的疲惫与倦意,很远的远方不再遥远。

远方很远,总有一种幸福与苦痛让我们追寻、让我们回味,很近的远方总也很远。

我们渴望去远方,我们开始习惯于专注远方。

岁月在岸

丁梅华

感受季节

花开的时候，没有袭人的郁香，没有往事的无奈，一切都在自然中展示一种辉煌，覆盖一种辉煌。

浪漫和多情只是短暂的旅程，唯有渗透黑色的土层才是一种美丽。

当岁月的年轮再也无法将你挽留时，你才会真正感受到什么是一种博大，什么是一种奉献。

沿着潮水的波纹，沿着你静静的水湄独自行走，最初的情感再次湿透我温情的掌心，仿佛一曲无韵的歌谣，让我总也无法打捞起昔日繁杂的记忆。

村口的风好冷，而来回走去的脚步依旧是那般匆忙。其实，所有的等待不是只为了要有一种结局，所有的想象也不都会成为岸边的惟一风景。

遥想季节的渡口，仰望你轻盈的舞姿，临近的欲望使我又一次择水而居，触及你的苍茫你的凋零。

花落的时候,你已走近,岸边早已没有我的身影……

永远的笛声

这由远及近又由近及远的笛声,从世纪的上游蹒跚而来,又蹒跚而去。

无法凝重的是你曾经放逐的足音,穿越透明的羽翅,穿越幽幽的笛孔,我分明能够感觉到你悄无声息的春韵。

抑或是一个清澈的声音响亮在季节的上空,抑或是岁月的沧桑抹去了你清脆欲滴的美丽,而今,我只有在寒风冷雨中为你独自祈祷。

无论此刻的航向是否与你偏航,但我相信,在那个梦开始的地方,爱情永远是一帧不言而喻的风景。

是你,是你最初的温柔席卷了我所有用花瓣营造的灵魂家园,让我在人生的里程,将秋水望穿。

我无法拒绝四季的交替轮回,就像无法拒绝你悠扬悠远的笛声。

岁月的里程

在我没有注意的时候,你操着纯纯的北方乡音,钻进我的被窝和梦里,像舒伯特的一支名曲,每一串音符都是优美的旋律。

当我揣着母亲的目光,远离故土时,就有一种沉甸甸的渴望,一种冬夜炉火边品味诗歌的诱惑。

许多个日子被星光所充实,于是,远行的渡口就有了芬芳的等待,有了等待中川流不息的思绪,而渐渐隐去的潮水被悦目的夕阳涂抹成黄褐色,仿佛昔日的柔情在寒冷中颤栗。

寂寞成为这个季节的主题,山外的风景因美丽而远离自己的位置,轻吟低唱的牧人择水而居,路边的小屋在月光下变得晶莹,总有许多人或动物寻找不到真实的巢穴和家。

打开被岁月压皱的里程,一匹枣红马自草原奔过。草原是白色的空间,马是白色空间的红幽灵。走不出森林的是闪烁在雪山草地的歌声。

　　这旋律处远方而来,操着纯纯的北方乡音。

文化之我见

张建新

"文化"一词在中国古代指"以文教化"。我国学术界目前对"文化"的定义,见仁见智,众说纷纭,归纳起来,广义上,文化指人类在社会发展过程中创造的物质财富和精神财富的总和;狭义上,文化指一个社会或民族特有的行为、观念、态度,其核心是价值观念。从文化的狭义上,有人又把文化分为主文化和亚文化之说,因为文化是人们生活的浓厚底蕴,代表着一个国家、一个民族、一个企业的价值观,是社会强大凝聚力的源泉,也是保证和促进社会经济发展、政治稳定、民族团结的精神因素。文化需要经济提供物质基础,经济需要文化给它以推动和促进。一个社会如果没有深层次的理性指导,缺乏一种提升民族共识的时代精神,这个民族就是没有希望的。

笔者之见:文化是思维方式,是一种意识,是哲学高度的价值观,既包括物质成果,也包括精神成果,是社会进步人类文明的象征。

文化是一个社会或异族特有的心理素质,即民族精神和爱国主义精神,文化具有民族性和历史继承性,中国先进文化是中华民族立于世界民族之林的灵魂。

文化的客观性是它的时代精神,即创新精神,是人类智商和情商与时俱进的集中体现,是动力之源,是不以人的意志为转移的客观规律。

文化是共识,是一种提升了的民族共识,文化是知识,是理想、是信念,是道德。一个没有科学理论作指导的民族是没有凝聚力的民族,是悲哀的民族。

文化是企业管理,是经营理念,是企业全体员工同舟共济的纽带。文化就是企业的无形资产。

文化是市场竞争的灵魂,为人们参与市场竞争提供精神动力和智力支持。文化是质量,是诚信,是敬业。

文化是艺术,是一场美妙的音乐会,使人陶醉,使人激动不已。

文化是习俗,是礼仪,是人们婚、丧、嫁、娶的慰籍。

文化是一个幸福的家庭,是社会的细胞,是幼儿园、是敬老院、是同学情、战友情、乡土情。

文化是海阔天空,比大海和天空更加宽广的胸怀。

文化是梦中的大学校园,是知识的海洋。

文化是经验,经验就是每个人为自己付出的代价所起的名字。

文化是我们共产党人的形象,是全心全意为人民服务的宗旨,是廉洁自律,是一不怕苦二不怕死的大无畏精神。

文化是团结、求是、创新。

中国共产党始终代表中国先进文化的前进方向,先进文化是凝聚和激励全国各族人民的重要力量,是综合国力的重要标志,它渊源于中华民族五千年文明史,又植根于有中国特色社会主义的实践,具有鲜明的时代特点;它反映我国社会主义经济和政治的基本特征,又对经济和政治的发展起巨大的促进作用。在江总书记"三个代表"重要思想的指导下,先进文化已成为我们共产党人的精神财富与灵魂。

三月春风似剪刀

胡从付

初春的三月,春暖花未开。笔者有幸参加了兵团记协、兵团日报社在新疆教育学院举办的新闻摄影培训班,短短的几天里系统地学习了新闻摄影概论、新闻摄影与采访、摄影技巧与用光和构图。参观了北极性数码影像制作中心微机实践。为达到学用结合,还专程安排去吐峪沟采风,从事新闻摄影十年来第一次参加这样的学习班,真是受益匪浅。

3月8日,是国际妇女节,在这一天,兵团日报社邀请了一位年仅32岁的新华社新闻摄影部副主任、"荷赛"中国第一女子——王瑶给大家授课。

从她自我介绍中得知,王瑶1992年毕业于中国人民大学新闻系摄影专业,入选全国"十佳"青年摄影记者。她幼时酷爱摄影,11岁时拍的《开学了》获全国好新闻摄影比赛一等奖。她去过世界许多地方,多次参加重大新闻的采访报道,获得过"荷赛"奖即全球顶级新闻摄影大赛——"世界新闻摄影大赛"的简称。因为在荷兰进行,摄影界称用"荷赛"。

据了解,"荷赛"奖自开设以来,至今已举办了45届,中国仅有二人获此奖,一位是王瑶,另一位是中国新华社摄影部主任贾国荣。

王瑶向学员们展示了1999年获得"荷赛"第43届"艺术类组照"一等奖和她数百张获奖照片。教室内全黑,只见一张张翻动的照片和她娓娓的讲述。她拍摄的每张照片,让学员们观看后如身临其境,一饱眼福。而好的每张照片后面都有一个惊心动魄的故事——

1992年,是她刚毕业分到新华社广西分社才拿到记者证的第10天,桂林发生了一起空难,当时机上155名乘客和机组人员全都遇难,当她赶到时,现场已被封锁,记者们一律不准进入现场。但当地的农民可以自由出入现场,当时,王瑶从一位骑自行车的青年农民那里借来一件棉大衣,并让这位青年农民把她带进现场。遇到人有问时,王瑶就称自己是寻人的老婆。于是她顺利拍到了第一手资料。由于现场在山顶上,山高路窄,在拍摄时,她不慎退到山崖边,一只脚已悬空,但她自己丝毫没有察觉,要不是旁人及时发现一把拉住她,很可能就像王瑶所讲的:"那次没准我就成了第156名遇难者,也就没有这次来新疆与大家一起学习的机会了。"

王瑶讲完课,许多热心的摄影爱好者要求与她合影,由于人多,她只好把自己定格在讲台上,当成道具,人们相互留影。在此期间有合影的、签名的,学员们把整个讲台挤得水泄不通。这时,王瑶很耐心地递给前来签名的学员每人一张名片,并认真给大家签名。

不知是怎么的,在签名的时候,一下子多了许多人,原来新疆艺术学院的摄影专业学生也慕名赶到。平时只有60名学员的学习场地也显得十分拥挤,他们也找王瑶教师要名片。

由于学员们都把王瑶叫名师,在她即将离开学员们的时候,她风趣地对学员们说:"我算不上名师,但通过大家相互学习后,希望能出更多的高徒。"

五月的叶尔羌河

李榕

　　晶莹和润的五月之水平静如姑娘的手臂，冰清玉洁又风娇柳柔，充盈着鲜活嫩绿的春蝴蝶随风，于荡漾中将脆弱的心花绽出；鸟语花香在流曳间把悦耳的情话暗递。

　　背倚苍苍胡杨林，侧邻淙淙干渠水，于大漠边沿而居的人们哟，无论历经偶然相逢的缱绻，还是历给沙地脚印般风过即逝的梦幻，你都知道该如何面对身处戈壁荒原的现实，和遥想舟船荡漾的南国葱葱的浪漫！

　　随风飞扬的黛青秀发，在戈壁上，在干沟旁，在杨树下，真像一片润湿的云，一泓晶莹的泉，时时用吻去呵护每一棵娇弱的玉米与棉花。用心去惦恋每一位身在异乡的朋友。年复一年，于塔里木经典的风韵中，寻觅那如歌如诗的情怀。

　　一河卷夹着蓝天与白云的春水，从戈壁滩上徐缓地仪态万千地流过，两岸的胡杨树、沙枣树半截淹没在水流中，只把葱绿的树冠倒映在波纹间，仿佛正在倾听蔚蓝苍穹深沉的絮语，倾听潺潺春湖幽然的歌唱。

　　岁月悠悠如叶尔羌河水，渐渐浸凉五月的旷

野;源发于莽莽昆仑,消隐于茫茫的塔克拉玛干;韶华易逝,若如梧桐灰杨枝头飘飞的泪絮,苹果香梨树下缤纷的落英。过去的烂漫,昔日的美丽,旦已寂寞成高天流云,云雀般飞翔的悠然。

沙漠·沙枣·新疆人

马翼

　　醒来的时候,夜色已尽,地平线上出现一抹红色的云彩,车箱内柔和的灯光渐渐地暗淡下来。西行的列车犹如一条巨莽,扭动着身躯,呼啸着、奔驰着。

　　很扫兴,没有领略到河西走廊的风光,只知道这里流传着动人、美丽、古老的传说;没有欣赏到嘉峪关崇山峻岭万里长城的雄伟,一代帝王的功名之下埋葬了多少劳动人民的尸骨;也没有亲身体会古人"春风不度玉门关"佳句中的盛景。埋怨时间的差错,就一瞬间的恩惠也不赐予。这段充满神秘色彩,有寓意故事的旅途,在我以后的生活中,留下更遥远、更飘渺的幻想。

　　列车已进新疆疆域。太阳像害羞的女孩,在东方慢慢地露出半边脸,越来越大,越太越红,一声长啸,列车转过一个大弯,顿时在眼前呈现出了一片景象,茫茫沙漠,一望无垠,袒露着胸怀,多么粗犷,多么真诚,给人以压抑、窒息之感。太阳以水彩画师的纯熟,毫不吝啬地给它涂上一层厚厚的金黄。

　　沙丘不高不大,可棱角分明。沙浪层层,微风吹拂,浮动着细细雨的沙尘。远处有群骆驼,安祥又自在,悠悠向前移动。

在茫茫沙漠上，我们贪婪的双眼寻觅着什么。飞鸟噙来的一片树叶、一颗小草，或是一株小树。好长时间过去了，而我也失望了，以自嘲的，否定的推理平衡自己、安慰自己。

正在我失望之际，突然眼前飘来一点儿绿，只是一点儿，我的心马上急剧的跳动起来，无法控制自己的感情。啊，绿，生命的颜色，对啊，正是我努力寻觅的。又是无法说清楚的颜色。不是一点儿，是一簇、一团、一小片。啊，不是飘着的，而是从土地——沙漠的怀抱中生长出来的——小树，看来我不了解沙漠，否定了它的力量，它原来也有土壤的骄傲，可以养育出自己的儿子——绿，弄不清这棵小树的名字，便问同行者，告曰，新疆人叫——沙枣树。

沙枣树，给我抹灭不掉的生命。

南疆生活已四月有余，每时每刻我都被一种东西震慑着：自强不息的生命力，狂风吹烈日暴晒下顽强不屈的意志。在极恶劣的环境中都可以看到不同岗位上工作的人，来来去去，忙忙碌碌。衣服上落满了沙尘，狂风夹着沙子扑着脸，可依然步伐矫健、沉稳。看到这一切，我不免想起南疆沙漠中的沙枣花。

有次，我到沙枣树林里去，碰见一位维吾尔族老乡，共同分享他拿出的西瓜，一股甜蜜慢慢流进心底。他那粗糙的双手，讲述了一个大漠的故事，像沙枣皮般的大手，完全可以证实他是个劳动能手，从他古褐色的脸膛和额上的皱纹看出他和沙枣树一样，有着耐风沙、耐旱抗强风的生命。

躺在沙漠树林里我想得太多、太多。在这滚烫的沙漠里，在这狂风的肆虐下，能够生活的这样无怨无悔，是一种什么力量呢？

沙枣没有杨柳的轻盈婀娜，没有白杨的风流倜傥、潇洒飘逸，也没有苹果树的光滑闪亮。可是它依然在沙漠中生根、发芽、开花、结果。既然有自己的春天，为什么不能有自己的秋天呢？一棵棵沙枣树，把根深深扎在沙漠里，根根相连，枝枝相携，共同托起头顶上的一片蓝天。

朋友，你想了解新疆人吗？等有机会，我身带一束沙枣枝，给你讲一个沙枣树的故事。

窗外有片竹林

奉正云

窗外有片竹林,在我思念的故乡:大巴山麓渠江畔。竹林沉默,如父亲耕耘的背影;竹林宁祥,似母亲喂养她的儿女。

那季,我常坐于书桌旁阅读窗外那片竹林,构想人生和信念,心中有竹性底蕴。

用心灵与竹林对话,有如雨后黄昏西天的彩虹。当我历经创伤,竹林便是我心灵的归宿,目光停泊的港湾。节操贞贞,绿意融冬。从中拾起一种哲思:沉默是对生活最深刻的理解,宁祥是朴实的质料,亦是最真最挚的关怀。在目光的流动中,在竹林的轻拂下,我种下了追求的梦。

窗外有片竹林,我记不清她的妙龄,仅品茗她的刚劲和秀颖。朱丝雀的歌吟,昏鸦的啼语,竹笋拔节的韵律,雨打竹叶的清音。轻叩窗棂,告诉我烛泪始尽雄鸡啼鸣。

一个春意阑珊的黄昏,晚霞散满竹林。竹把一林的淡绿挤进窗内,如此清凉而祥静,不着一份伤事情,不缀一缕留恋。我伫立窗下,目光游弋那一林竹韵,手指隔着玻璃在她温性的叶面写满远离:在我泪别你,在我穿越秦岭敦煌,在我身浸一方大漠孤烟的豪迈而归时,你还记得那个读你的少年么?在我离别你的日子里,你还持有那种沉默而宁祥的节操吗?父亲还在离你不远的责任田耕种岁月吗? 母亲还是那样宁静而慈祥吗?

故乡有片竹林,西域有片乡愁。竹林,青了又黄,黄了又青。如今,那个少年的身影已随竹叶在夜风中飘逝,在西域演绎成生命的延伸。

夜色

奉正云

　　秋风在夜的深处流荡，一双目光正穿越世俗的空间，仿佛正在怀念一种过去流淌过花香的秋水，以及一切充满情愫的理想。谁曾料想到，原来一样清凉的秋夜的望月就深埋在这夜市中。

　　卖花少女正穿梭在夜市，倩影埋入月色，湖里凝结的冰块诉着她无边的流盼。月的轻雾深入少女的秀发，深入她的花篮。她在吃宵夜的人群中寻觅生存的密码。篮子里那鲜丽鲜丽的刺玫，仿如情人呢喃的小语，挎在少女纤弱的手臂。

　　少女行于月光中，行于夜风中，影子被月光压短拉长，一如她成长的岁月。风，梳理着月光，梳理着她甜脆的嗓子，却理不顺她讨好的微笑。刺玫躺在篮子里，无语。

　　酒杯撞出的韵律如夜的浓酽在她耳际萦绕，情侣挽着手臂从她篮边如水而过，目不斜视。刺玫就躺在篮子里，静静地嘲笑少女的境遇。

　　轻快的目光朦胧了整个城市，包括生长玫瑰的花园，包括少女灵灵的眸子。但，夜风中仍回荡着甜脆而润滑的嗓音："卖花儿，刚摘下的刺玫！"

上海人的"故事"

沪侠

日历翻开到21世纪，那些当年曾叱咤风云的上海支青而今大都已两鬓挂霜，有的已撒手人寰留下青冢一堆。人们怎能忘记，他们曾经怎样如椽大笔在塔里木书写壮丽人生，他们像播种机在祖国边疆播撒现代文明也播撒爱情的种子，他们像蜡烛燃烧着自己，也扮靓了座座军垦新城。

上个世纪60年代初，10万上海支青满怀理想和抱负，他们满腔热情地响应党和国家的号召："到农村去！到边疆去！到祖国最需要的地方去！""好儿女志在四方，一颗红心两种准备"，就连空气中也到处弥漫着"军垦战歌""送你一束沙枣花"的美妙旋律。青年们热血沸腾，群情激昂，他们放弃安乐的家园，放弃升学的机会，瞒着父母偷出户口本去报名，为达目的他们表决心、写血书，立下豪迈誓言："不批准支边绝不罢休！"

鱼珊玲、应奋、杨永青……有志青年的榜样激励着更多的支青告别黄浦江，穿着因瘦弱的身体而显得宽大的绿军装，扛起行装义无反顾地乘上54次列车朝着这亘古荒原，朝着寄托崇高理想而却贫瘠艰苦的所在行进，从此以他们动天地泣鬼神的壮举，开创了前无古人后无来者的伟大业绩。

当火车跨过长江，穿越秦岭，当江南郁郁葱葱的绿色被荒凉的千里戈壁所取代时，当汽车载着他们颠簸在杳无人烟的环塔克拉玛干大沙漠边缘坎坷路面上时，当他们来到一处隆起的高包带队的领说这是你们的家里，他们哭了。是的，他们有过仿徨，有过叹息，有过委屈，有过悲伤，有过太多的不如意，他们中有的退缩了，但是更多的支青选择了坚强、勤奋、执著、抗争。

喝黄浦江水长大的"小鬼头""哆妹妹"们没有沉沦，没有躺倒，他们不怨天尤命，不自暴自弃，他们擦干了思乡的眼泪，毅然钻进几近原始的"地窝子""干打垒"在塔河两岸安营扎寨。他们以骄弱的身躯载负起生活和工作的重压，挥起坎土曼，挑起胡杨木扁担，推起装有柳条筐的独轮车，几番风雨几经磨炼终于铸就一身铁骨钢筋。

"广阔天地大有作为"在当时是很时髦的话，然而，当"文革动乱"如洪水猛兽般袭来时，一切希望顿成泡影。他们中有很多人才华横溢身怀绝技，也曾承载着父辈们的殷切期望，他们恨自己生不逢时，空有一腔报国心和满腹的经纶。在"知识越多越反动"的年代，在相对封闭传统的"老军垦"看来，他们乃是"小资情调"，几近于异类。

他们集聪明、机智、灵巧和调皮、捣蛋、狡黠于一身，他们不信邪，不媚俗，甚至有些桀骜不驯的个性特征，常常令"老军垦"们束手无策。那是他们遭受压抑的青春的勃发，是被摧残的灵气的闪光。在苍茫夜色中，"地窝子"的小格子窗透出正在豆油灯下苦读的身影；在朦胧晨霭里，水渠边、树林里缭绕着支边青年们抚琴对歌的嬉闹声和优美旋律。在禁止穿裙子的年代，女支青总能独具匠心地裁剪漂亮、编织美丽，掩不住江南女子独有的灵秀细腻，他们的"作品"总能博得"老军垦"的婆姨们的喝彩和称道。

支青们进疆，首先面临的考验就是过"三关"，所谓"三关"就是"生活关、劳动关、恋爱关"，过生活关最难的就是吃包谷馍、糖萝卜，吃惯白米饭的咽喉实在难以咽下"粗纤维"。每月三、五、八元的津贴还不够到馆子撮几顿的。于是支青们各显神通，有的向上海父母讨救兵寄吃的，有的大展厨艺粗粮细做，自然也少不了鸡鸣狗盗之类。过劳动关可如过鬼门关，手掌上水泡破了里面又打一层泡，身上的皮肤晒脱了几层,独轮车推得东倒西歪,肩膀肿得不敢压担子,在"老军垦"们身教言传下,体力活居然也能干得像模像样。

长期的交流使支青们理解了"老军垦"他们的真诚和朴实,他们吃苦耐劳的优良品德深深地打动着支青们。谁病了,谁家里有事,谁闹情绪了,准保不住那些视支青如同子女的"老军垦"们,盖着荷包蛋的热腾腾的捞面端到手中,洗干净缝补好的衣服折叠好放在枕边,彼此亲密如同一家。

在那个物资匮乏的年代,"老军垦"对上海货情有独钟,每当支青回沪探亲总要大包小包为他们采购"上海货"。他们虽然"任务繁重"但他们乐意。在塔里木在农场里,上海文化无处不在,君不见在支青曾经聚居的阿克苏、阿拉尔人们的穿着打扮要比内地很多发达地区还要前卫。上海文化同边疆民族文化、军垦文化的交融、交流形成了自成一体的独特文化,华丽时尚中透出粗犷简约,浓郁的民族气息中分明又沁出世界潮流的风味。当走进上海人的家里总能感到温馨而和谐,脱俗而个性。

支青们天性的乐观顽强地表现了他们的创造天赋,自己作曲自己编舞,歌唱农场歌唱爱情歌唱生活,多才多艺的上海支青几个人一聚吹拉弹唱就是一支小乐队,琵琶、古筝、竹笛、二胡琴瑟呼应,坛坛罐罐也来助兴,敲得有板有眼。苏联民歌最受青年们青睐,《莫斯科郊外的晚上》《一条小路》唱得高亢激昂豪情勃发;新疆民歌的异域情调常令他们唱得如醉如痴;画画的、写书法的、吟诗作文的各显身手抒发情怀。"老军垦"和他们的子女常来围坐唱和,气氛十分热烈、融洽。

如今,支青们终于也老了,他们或回上海去"顶替"父母亲了,或是告老还乡了,他们虽已白雪盖顶儿孙绕膝,仍然割舍不下这片哺育他们成长的热土,茶余饭后间塔里木的生活话题总萦绕着他们心中不能散去。就连支青们的子女也时常相邀开Party搞联谊,因为塔里木有他们太多的难解情结,这里承载着多少喜怒哀乐。他们有的因为买不起房回不去上海了,有的两个孩子中,一个留在了塔里木,他们仍在继续演绎着"上海人的故事"。

春到农场

朱寿芬

农场的春天来了。

你听,河道里的冰叽叽作响,那是春的召唤;田野里的雪嗞嗞融化,那是春的邀请;农家人把院门打开,把简易的圈门打开,你看牛羊在撒欢,鹅鸭在追逐,鸡犬在赛歌,它们仿佛在感谢春天,欢庆囚禁生活过去了。

热闹的白天过去了,静静的夜晚被吱吱喳喳的声音吵得难以入睡,仔细一听,那是植物在春夜里的对话。

农场的春天来了。

扎着羊角辫的小姑娘死缠着妈妈要花裙穿,她们要与春天比美丽;男孩儿成群结伙放飞老鹰、金鱼等各种各样的风筝,装扮春天;女人们在家里坐不住了,丢下手里还未纳完的鞋底儿,走出房子嗅吸春天的清香;男人们则忙活着看籽种、购农资,计划着在春天里播下希望。

农场的春天来了。

绚丽的阳光刺得人眼睛眯成一条缝。春燕从南边飞来,从农场的田野衔来新鲜的泥土,筑巢在祥和人家的屋檐下。在农场人的眼中,春天飞来的燕子就是喜鹊的化身，是吉祥鸟，燕子飞临谁家，谁家就有喜事降临。麻雀梳展了羽毛，呼啦啦从这棵树飞到那棵树，踏着春之曲起舞。与城里的麻雀相比，农场的麻雀更爱美，它们都将自己打扮得干干净净，毛色发亮。

田间，挂在青青麦苗上的每一粒露珠都负载着一片农场之春的阳光。农场春天的阳光比冬天的要暖和得多，像一只温暖的小手，抚摸在你身站。令人陶醉的晨雾散发着泥土的芳香，在树杈间飘飘渺渺。

我喜欢农场春天的风景，绝不亚于丰收欢乐的秋季。

女人像

孙扬琴

　　走过了青春骚动的年华，度过了忙忙碌碌的日子，经过了坎坎坷坷的磨砺，当坐下来轻轻舒口气，对着镜子自我审视时，不由顿然醒悟：时间流逝得太快了！不知不觉迎来了四十岁的生日。

　　眼角开始出现了几道鱼尾纹，满头青丝中绽出几根白发，皮肤似乎缺少了点润泽，双手也变得有点儿粗糙，而身上的某个部位也不那么对劲了。

　　是的，四十岁，是人生的一个重要转折。大文豪维克多·雨果说得好："四十岁是青春的晚年，五十岁是晚年的青春。"面对女人呢？索非亚·罗兰说"四十岁是又可过自己的生活"的岁月，是"应当得到应有补偿"的时期。而另一位台湾女作家则比喻说："少女情怀总是诗，少妇情怀似散文，中年徐娘像小说，老妇情怀似论文。"四十岁的女人正像小说，不仅情节生动，而且内涵丰实，是人人都想追读的又一美好年华。

　　四十岁，是成就事业的一个新的起点，因为有了相当的阅历，有了观察社会的能力，有了承受失败和挫折的忍力和耐力，因而应继续努力攀登更新的、更高的阶梯。历史上，有多少女士在四十岁左右成为贡绩卓著的政治家、文学家、科学家、作家,又有多少女士由四十岁开始奋发而终于建立了大业。女作家斯托夫那蜚声世界的《汤姆叔叔的小屋》,不就是她近四十岁时开始创作的吗?那时她已是六个孩子的母亲,家境十分贫寒,只能伏在厨房的案板上写作。但她满怀对黑奴制度的强烈义愤,以其坚韧的毅力,完成了这部巨著。在她四十一岁时受到了林肯总统的接见。如今在改革开放的新时代,四十岁的女性朋友们完全有理由做得更好。四十岁正如日中天,应向中流再击水。

四十岁的女人也是美的,是成熟的美,端庄的美,韵味无穷的美,内涵深沉的美。四十岁的女人,是更懂得自尊、自爱、自强、自立的女人。不必因年龄增大而不修边幅,不必为人到中年而自我封闭,不去交往。四十岁的女人尽可以穿着时髦,交朋结友。四十岁的女人不妨活得豁达些,潇洒些!

企盼八月

孙扬琴

嫁给军人,就成了一名军嫂。每一个军嫂,都把军营看成自己的一方阵地,把丈夫的事业连同冰山的雪花一同放在心上,看得很高。

在那飞云流水的日子里,军嫂的心头,滑过的是一个又一个对8月的企盼。每每此时,她们幸福地笑过,也委屈地哭过。

时光太忽忙,来不及细品生命的滋味,已过了而立之年,跨入不惑的行列。拉扯孩子、瞻养老人,在多少次辛酸和困难面前,她们坚强地挺了过来。她们牺牲自己,把国防安宁放在心上,把自己作为军队的一名编外士兵。

军嫂的崇高,是把生命置于大境界的考验之后的坚定。

鲜花知道,芳草知道,她们肩上担负着全家的重任,风里雨里一人操劳;她们忍受着无边的寂寞烦恼,任青春的姿容一天天地衰老。清风记得,明月记得,她们从没有一声叹息,从没有一句辛苦,为了军中那一片大树,甘做一棵无名小草。军人是无私的伟大的,军嫂却用平凡解释崇高。

8月,军嫂也在企盼着属于自己的节日。

三月，女人的季节

孙扬琴

三月是女人的季节。三月八日这个属于女人的节日点缀了这个清丽的季节。

每年，我们都满怀喜悦地迎来这一天，又满脸欢笑地送走这一天。

我们可曾认真地追问过它的来历，探询过它的意义？我们可曾知道，这一天凝聚了女性昔日的光荣与梦想，今天的奋斗与迷惘？我们可曾认识到，这一天不仅仅意味着一次次庆典，更意味着一次次远征……

让我们在欣喜中多一点沉思，在欢笑时多一份关切吧！

三月是女人的季节，大自然的恩惠使女人变得温柔而又清新，而女人的存在则使这个世界更加温润明丽，充满生机。

有人说三月是女人，其实女人更像三月。三月，如一位可爱的姑娘，用浓浓的彩笔，描绘着明天的希望；三月如一位慈祥的母亲，让万物在她宽厚柔韧的胸怀里，幸福地成长；三月，一个神奇的精灵，追续春天的根，孕育秋天的果；三月，乍暖还寒的日子里猎猎舞动。

哦，三月——女人的季节。愿女人永远拥有三月的气质，愿三月永远装点女性的人生。

秋光影里的西海湾

魏章宇

"君家兄弟武陵游,一属春光一晚秋。"明朝时为官鼎州的诗人龙膺,选择赏玩的时光是晚秋,他最喜爱"岭树浓花"、"洞庭烟雨"。而新疆塔里木盆地叶尔羌河下游的戈壁明珠"西海湾"的晚秋则是另一番景象。

一个阳光明媚的秋日,我偕子来到了西海湾。驱车入管区,越过一道山门,便可见到一大片空旷的大草地,从草地上飘来阵阵清香,沁人心脾。随即下车步行,沿着一条洁净的水泥路行走,转眼便见一派湖光柳影闪现眼前,秋水粼粼,杨柳依依,我马上意识到,这就是独特风韵的西海湾,戈壁明珠,泽国画图,与古人对洞庭的描写不尽相同。

或许你站在北京万寿山的排云殿上,倚着清漪园的栏杆,俯览那一湖秋水,见波光粼粼,画舫翩翩,你会觉得那景色既高雅又古朴,有许多的矫揉造作;或许你也曾经站在岳阳楼上,于垂落樱花的浓阴里,观看湖中的水景,见绿波晶莹,游艇憧憧,你会觉得摩登气派,高贵难攀,脱离了尘俗的喧然。

与之相比,眼前的西海湾,具有粗犷、野性、原始的自然景观,神奇、美妙、动人。

站在西海岸边,望那茫茫无边的一湖碧水,湖水清彻透亮,一眼便可以望见湖底,湖底均匀地铺上了一层厚厚的沙粒,真是游泳的好地方!我们脱去外衣,跳入这清澈的水里,尽情地陶醉于这大自然的清纯之中……

海岸边一列列垂柳,如丝如烟,娉婷袅娜,多姿多彩。一排排白杨伟岸挺拔,庄重肃立。杨柳依偎编制成一层层青色的纱帐,让西海湾这羞涩的少女,灵隐其中,遮掩着童真与朦胧。柳阴下,长亭边,点缀着一片片秋花秋草,野菊紫薇,菊吐黄花,冷凝秋露,水波荡漾,泛起汲光,紫薇如霞,花影缤纷,百态千娇,粗犷自然,野气十足,呈现出一派秋色宜人的景象。

不一会,我们进入了龙王阁,但见画栋雕梁,飞檐碧瓦,雾气蒙蒙,香烟缭绕,钟鼓声声,好一座仙山玉宇。面对着开阔的湖水,仿佛随时准备迎接龙王的归来。

"海外常呼龙送雨,云中时下客乘鸾。"人们仿佛对龙王充满虔诚和敬意,我想这是人民的信念、道德的化身,真善美的结晶。于是,我们也只有入乡随俗,对龙王作了拜谒,便匆匆离开了龙王阁。

我们雇一叶扁舟,从长廊出发,直向湖心摇去,随着桨声的起伏,小船儿驾悠悠前行,放眼湖面,水花翻滚,锦鳞欢跃,清风起,爽籁生,叫人怡情神往,逸兴湍飞,忧宠皆忘……

湖心里,碧水间,拱托出一个小岛,驾船的长者告诉我们,这叫"乌龟山",仔细一看,还真象,乌龟的头浮在水面上,龟背浑圆黑亮。在靠近乌龟山的海岸边,唐僧师徒四人的塑像活灵活现,栩栩如生。

"乌龟山"如何得名?子问。相传在唐僧师徒四人上西天取经的途中,遇到了这片大海而受阻,就是这只乌龟驮他们过去的,后来这只乌龟就化用了现在的这个岛。

我们登上乌龟山,爬上龟背,只觉得清风习习从脸上拂过,绿波荡漾拍打着船舷,激起响声,我们又仿佛置身于"仙岛蓬莱,海上仙山"了。

　　船儿摇晃晃地沿湖岸缓行，只见几个游客静静地坐在西海岸边，依傍着一块巨石，聚精会神地垂钓，与柳宗元笔下的"孤舟蓑立翁，独钓寒江雪"的情景迥然不同……

　　傍晚，在我们归来的路上，老船工对我说，这里原来没有海，只是叶尔羌河下游的一片荒滩戈壁，在上世纪60年代，军垦人来到西部拓荒，用了三年时间，才铸成了这座水库，取名"小海子"。现在，沿库的人民都享受着这水库的恩泽。后来，人们发现了小海子水库西部这个风景迷人的地方，便进行了开发，取名叫"西海湾"。这岸边的杨柳都是他们一棵棵亲手栽种起来的。他们也就改行用扁舟作游船载客，他们自己也就成了导游，为游客讲述西海湾的故事。

　　再见了，"西海湾"的秋光！挥手处，作别了"西海湾"那满天如火的晚霞！

农忙时节

张默

瓜农

笑声四处藤蔓,爬出这年景,挺好。瓜农的心情瓜花朵朵,鲜艳,亮丽,有阳光与色彩。

种瓜得瓜。循着这条不褪色的藤子,瓜农一年四季都在跋涉。他们知道,希望是一条常青藤,只要攥紧不放,只要心系着一颗不变质的种子,不舍弃生命深处的根系,总有一天会瓜甜果硕,在某个节眼上,在某个拐变处,在某个季节的尽头。

为了这个滚圆的日子,瓜农早出晚归,披星戴月,播洒汗水、心血。瓜是个会争气的金娃娃,把汗水和心血积蓄、放大、提纯,让苦难的日子兑换出甘甜的浆液。

最难熬的是那些不守秩序的节气,天气是个泼皮鬼,有时冷不防地做鬼脸,让贴在瓜苗上的心儿,吊在瓜藤上壮胆子! 被那些不合时宜的冰雹、烈日抽打,有时甚至打破瓜农的憧憬,打折瓜农的希冀。他们还担心日子会长出白条和蛀虫,白条里布置着荒凉与悲伤,那可是比冰雹、比霜雪更白更冷更重的担子呀。而蛀虫,会把积淀下来的光阴掏空,把凝聚下来的甘甜饮干。农民，谁不担心一心呵护和打动的土地，一转眼就长出蛀虫和白条呢。

汗滴禾下土。瓜农知道，汗水是不变质的良种，只要用心种下，总是长出好心情好日子，因而他们面朝黄土背朝天，虔诚、坚定、无怨无悔。可是，谁听到了汗滴下土和种子拔节的声音？谁读懂了瓜身舒展自由和瓜藤四处跋涉的艰难？谁能摸到甘甜深处的根须和源泉？

风调雨顺的日子，瓜农的心情春暖花开，天高气爽，采花的蜜蜂如期抵达，把美妙的歌声送到心枝上，酿造出了蜜，甜了山歌，甜了山寨。

苦尽甘来。这个成语被瓜农反反复复地复制。"苦"字变得越来越小了，"甘"字愈来愈被放大。通向瓜园的道路渐走渐近，走向市场的道路愈走愈宽广。

拔草

好日子不容易，除草、施肥是少不了的抒情和歌唱方式，绝不允许那些野藤、杂草占据。

希望疯长的季节，农民常常翻晒出好心情，用心专注地去拔草、施肥。他们把整个身心都投放农业和泥土深处，去侍弄一茬茬向上苗长的民谣与歌谣，拔提那些杂七杂八的野藤、杂草；歌唱的季节，农民爱用土里土气的乐器，拔掉多余的音符，剔除那些难听的杂音。他们拔草动作非常利索，像《高山流水》韵味十足。那些野藤、杂草纷纷倒下，在身后像战败的侵略者，奄奄一息。

父母是拔草的高手，那些玉米、高粱、红薯、花生地，总被梳理得井井有条，干干净净。有时我会加入其中，让父母生发出一些美好的乐感。父母一生都在拔草，不让杂草、野藤占据有限的时光。趴在地里拔草的父母，双手沾满红红的泥土，还有绿绿的叶汁，那些圆润的丰收气味，顺着他们的双手款款沁入，让他们幸福满怀。最让他们难以释怀的是栖居城里的作物，会不会因为缺土少肥，会不会杂草丛生……

　　穿过岁月的阡陌,我走出了乡村,在城里拔了好多年草。农民拔草的姿态就走进我的心田,使我学会选择,学会保留什么,去掉什么。在城里拔草的日子,我不敢有不良的动机,老老实实去耕耘,去施肥,去除草,生怕自己连同父母的希冀被淹没在杂草丛中。

施肥

　　土地是我们的姓氏,农民是我们的父母。我们是抽干了父母营养的作物,愈茁壮向上,我们的父母愈瘦小低矮下去。懂得感恩的人,总忘不了营养大地,营养自己的父母,给大地施肥、反哺,给父母施恩、给爱、抚养。

　　农民是最疼爱自己父母的作物,他们把大地当作自己的衣食父母,一生一世把自己交给土地。他们疼爱父母的方式多种多样,坚守、侍陪、除草、施肥、营养,扳依、顶礼、膜拜永远是他们亘古不变的姿态。

　　施肥不仅是营养土地,更是为了自己的成长壮大,与土地与作物相依为命的农民,他们知道施予的重要,他们俯下身子施肥,播下心血与汗水,施予虔诚的爱情,让大地不断丰润,让日子不断丰硕,让生命充满生机。

　　施肥,来不得半点虚假,要有满腔的热情,丰沛的挚爱。假化肥、假种子、假农药……只会让大地受伤,使作物哭泣,让成长的时光中毒,让农民的感情空耗。栽培时节,农民小心翼翼,不时举头望天,不时俯首注地,他们心里总会滋长些忧虑的杂草。

　　谁都一样会老去,老去的都会进入土地,可是,进入土地的会不会都是肥料?

培土

　　施肥后,就是培土。作物不是盲目地疯长,它要站在厚坦的大地,立足于深入泥土的深度。农人的收成就在这样的比例关系中打上一个参数——培土。

农人一生都在培土,站在厚实的大地上,农人不会倒下,他们是大地的风景,给我们立场坚定与根本牢固的意象。

厚积而薄发,农民朴素的生存方式,让作物终生受益,让大地永不衰老。培土,让青春多些亮丽,让生命多些启动力和向上力,去迎接阳光雨露的更多普照和润泽。

培土过后,等待收割。农民在季节的深处,蘸点月光和梦想,磨刀霍霍。作物长到一定高度了,就开始失衡,把最丰满的部分凸现出来,让农民仰望,也让农人哈腰,它们黄灿灿的,生动着整个田野和村庄,也生动着农人的脸庞。

培土过后,农人的心情花团锦簇,欢快的鸟雀和抒情的蜂蟆在枝头盘旋。农人已准备好足够的汗水和热血,去作季节最后的弹唱。

坎土曼情思

钱才明

在我们当年的支边队伍中,数她年龄最小,大伙都叫她"小阿妹"。转眼36年过去了,她已退休回上海多年,眼下就要抱孙子了。前不久,她汇出100元钱,并给先前所在连队的现已退休的老指导员打了个电话,请他收款后给她寄一把质优的坎土曼。

在兵团农场几十年,我深知坎土曼在生产和生活中的重要地位。农场不能没有拖拉机,但更不能没有坎土曼。还记得初到兵团农场时,我们这批上海阿拉都还是一帮不知疲倦的大姑娘、小伙子。晚会上我们常朗诵自己编写的《坎土曼赞歌》:"坎土曼! 一根木棍,一块铁板。结构简单,用途广泛! 它是军垦的武器,它是我们野餐的饭碗! 走出地窝子,挺进戈壁滩。为了明天,为了赛江南,向大漠进军! 向荒原宣战! 我们披荆斩棘,高举坎土曼! 坎! 坎! 坎! 我们是一往无前的'坎土曼兵团'。"

真正要学会使用坎土曼,少不得要出几身大汗,磨破满手"大泡",更可怕的是自己砍伤自己的脚尖。我就饱尝过坎土曼的厉害。有一回,我挥着坎土曼搅稀泥,竟没能把打土块的泥巴和好,却被坎土曼砍伤了脚背而光荣负伤。鲜血渗透脚上的稀

343

泥,洒落在我至今仍在怀念着的那片热土上。坎土曼居然上演了一场"血染的风采"。谁说男儿流血不流泪,我当时吓得脸都变了色。

经过一番痛苦的磨练,我们都公认坎土曼确实万能,不仅是在农田里,在日常生活中也同样离不开它。在田头吃饭,只要在小渠里洗净坎土曼上的泥沙,就可把宏观世界当碗盛菜,随手截取两根芦苇当筷子,就可以啃着窝窝头进餐了。用坎土曼砍上几根木柱,钉在地上,支上铺板,轻而易举地支起一张床。坎土曼极其平凡,正是它的平凡默默地创造着不平凡。

在兵团掀起砸烂"大锅饭"的浪潮中,小阿妹在一片恐荒中顶不住了。她扔下坎土曼"下海"了,终究没有"弄潮儿"的资本,两年之后,远飞的小阿妹重归队伍,重新扛起坎土曼,凭着她的吃苦耐劳,凭着她承包的水稻田里坎土曼给她挖出了个"金娃娃"。她成了新闻人物,电视台采访了她。直到退休回上海,她才与她的坎土曼告别。

由于企业减员,小阿妹的儿子下岗了。她让儿子在吴淞镇对岸的三岔港租了四亩多地,自办一个鲜花培育基地。这回她的兵团精神又可以弘扬起来了,可实在用不惯本地的农具。她想起了坎土曼!于是她就给指导员打了个电话。

西部情缘

霍 静

　　从小生在农场、长在农场的我亲眼目睹了作为军垦战士的父母辛勤劳作的风风雨雨。在西北国边陲这片戈壁茫茫、朔风激荡的黄土地上,我的父母和许许多多的热血儿女们一起,用青春和汗水铸造了不朽的业绩,那种敢与天斗、与地斗、艰苦创业、奋发拼搏的精神影响了我。在我幼小的心灵中,早早播下了做兵团人希望的种子。因此,在高中毕业时我在报考志愿表上毅然选择了"农学"。

　　农大毕业以后,我如愿以偿回到了生我养我的这片热土。我用自己所学的知识回报着家乡对我的深情哺育。在我24岁那年,我们团场分来一批结城里来的青年志愿者,其中有一位叫文峰的青年来到了我们单位。他高高瘦瘦的身材,方正的脸上一双闪亮的眼睛透出智慧的光芒。通过介绍才知他和我同龄,从事农业科研工人。出于对边疆的向往和热爱才来到这里。共同的青春年华,共同的事业追求,共同的信念一下子拉近了我们的距离,在工作中我们很快熟悉了对方。

　　为了完成地膜棉花高产栽培模式的研究,我和文峰全力投入到工作之中。在试验田里,从合理施肥、精心整地到苗期、蕾期、花铃期各项管理,我们都一丝不苟地进行着。其间有烈日当头的曝晒,有狂风沙尘的袭击,有辛勤劳动的汗水,有秋天收获的喜悦。经过一年的栽培试验,我们终于实现了亩产皮棉150公斤的高产丰收。

一年来的工作、生活和交往中,我不知不觉爱上了踏实肯干、正直善良的文峰,从他那深情的目光中我也读懂了他内心的共鸣。夏日的太阳热情似火,细心的文峰为我买来一顶漂亮的遮阳帽,在他伏案计算理论数据时,我悄悄为他端上一杯清茶。渐渐地,我们之间有了默契。

时间过得飞快,转眼文峰已完成为期一年的科技下乡志愿者行动,该返城了。我不敢奢望他能放弃优越的城市生活。临近分手的日子,我们都出奇地平静,往日的欢声笑语已不存在,即使偶然对望一眼我也慌忙把目光移开。文峰看出了我的反常,但他没有多说什么。我奇怪自己在这样的时候也没想要离开农场随他而去,我明白我已离不开生我养我的这片土地。他走那天我没有去送他,我用忙碌的工作来填充我的大脑,使它无暇去想那令人感伤的情缘。或许,只有从农场这片沃土上生长起来的人才能由衷地对这里的一草一木深情留恋?就连往日讨厌的骆驼刺也盛开了粉红、紫红像朝霞一样娇艳的花朵,而我也炼就了胡杨一样坚强、正直、执着追求的性格。

时间在指尖中穿梭而过。一个月后,我正在地里测土,路边传来汽车喇叭声。我无心回顾,正在专心工作,忽然一阵熟悉的脚步声由远而近,一双有力的大手捂住了我的眼睛,那散发着男性气息的身躯离我这样近。我的心几乎停止跳动,难道是他?这时耳边轻轻响起那亲切的声音:"请你猜猜我是谁?"没错,是文峰回来了,我猛然转过身,四目相对,竟然有一种恍如隔世的感觉。直到此时,我们才感觉到这一年多朝夕相处所产生的感情是多么珍贵。"你还走吗?"我轻轻地问,他笑而不答,忽然他像变戏法一样掏出了原单位出具的各类证明和工作调令。他深情地说:"我已决定来这里工作了。我要把这里作为我的试验场地，实现我的理想追求和人生价值。再说，我到哪里才能再找到像你一样纯真美丽、聪慧可爱又善解人意的知音呢？"

从此，在碧波万顷的棉田里，又多了一位年轻的农业科技人员。有一天，看着蹒跚学步的幼儿，我不禁问文峰："放弃舒适的城市生活，你后悔吗？"他摸了摸被大漠雄风和骄阳雕饰得粗糙发黑的脸，爽朗地笑了。

亲近春天

肖雪

我们曾在梦中徜徉、戏闹,我们曾在日历前遐思神往。啊,春天,芳草连天,碧空万里,柔波如兰。山花火红的春天,已在神州大地上劲舞狂歌,旋转喧哗,躁动不已,于是,我们带着一腔恋情,亲近春天!

沿着阳光洒下的金线,我们寻找到春天抛下的韵脚,捧着春雨洒下的逗点,我们品尝到春天的甘美与鲜活。一切都还是这般自自然然,从从容容,没有娇情的做作,没有华丽词藻的堆砌。在"清水出芙蓉"的意态下,我们走向"吹面不寒杨柳风"中,走向"草色遥看近却无"的封面上,缕缕淡淡的香从《千家诗》的扉页中飘了出来,从《朱自清散文集》中溜了出来,溜成一泓泓的绿,一团团的绿,一堆堆的绿,一阵阵的绿。于是,我们在"绿波来天外"的叠嶂中按下了春的快门,让爱与绿溶成一种永恒的诗境,珍藏在青春岁月的金库里。

我们仰躺的草地上,仰躺在春天的怀抱里,我们可以想入非非,也可以什么也不必去想,让心灵与春天作一种默默的对视,让多情的春天、花枝招展的春天嫉妒我们的年轻。

前方麦浪衮衮连天,菜花金黄滴香。这毕竟是属于土地的孕育之季。一切躁动都在土地的腹中憧憬着美好的丰硕。我们亲近春天,其实是亲近了泥土。无论是多么美丽的梦幻和诗句都是从泥土里生长出来的,青春对泥土情有独钟,泥土的芳香令古今圣哲和雅士达官倾倒,我们抓一把湿润的泥土,塑成十分抽象的你、我、她;让"人"在春天的暖阳上仰视、伸展、企盼、神往……

我们走在春天的花巷、花雨、花束、花丛之中,前方有红楼一角,有晨钟暮鼓鸣响的偈语我们对这种春天掩盖的神秘也存有几分好奇和跃动。我们在春的深处,也看见了在天、地、人之间蔓生的一朵奇葩——禅影佛光。

我们亲近春天,透过繁花似锦的视野,我们走过神龙、炎黄、黄阜和圣庙,从紫霞万道的仙境,又回到了吊车欢舞、铁龙急鸣、巨轮破浪、银鹰击空的喧闹人间。

啊,渔舟唱晚,是渔火点燃的春天,泥浪翻滚,是犁铧裁剪的春天,春花闪闪 是焊枪嫁接的春天,炉火熊熊;是热情冶炼的春天,海波滚滚,是钢枪守护的春天……我们亲近春天,阅读到真正的春天属于耕耘、干采、冶炼和汗水。

亲近春天,便走进了春天的故事里。在未来的神话和传奇中,我们便成了三人翁,人争论不休的"争议人物"。

亲近春天,我们披一身杏花雨倾听潮声!

亲近春天,我们沾双腿泥土情仰望太阳!

七月流火沙枣香

雷新仕

　　七月，金色的七月，麦浪滔滔、垂柳依依，渠水淙淙，到处一片生机勃勃的景象。清晨，我打开窗户，一股醉人的浓香徐徐飘来，那是监舍外的防风林带里的沙枣结果了。一串串淡黄色果实，在夏风的吹拂下，摇曳着，犹如唢呐在那里快乐地演奏。

　　二十年前，这里也曾是一个劳改队。这些沙枣树，就是他们留下的。它给我们留下了浓荫、为我们留下了果实，更为我们的改造旅程树立了前进的路标。听老管教讲，那些队员，如今都已刑满释放，犹如沙枣花一样正在为人类倾吐芳香。他们中间，有的当上了工程师、技术员，有的当上了厂长、经理，有的在沙枣林中度着幸福的晚年……

　　沙枣树啊！你的根扎在干旱的戈壁滩，你的花开在希望的五月，你的果实结在酷热的七月；你为人们拦风阻沙、倾吐芳香；你以自强不息的精神，扎根在杨柳不敢涉足的地方。这就是你的性格，这就是你的伟岸！

　　我也要做一棵沙枣树，我一定能成为一棵沙枣树。刑满后，也象曾在这里服刑改造的队员们那样，留下我们应当留下的东西。让远方的亲人也能闻到这沙枣花的清香，再把玛瑙似的果实送给亲人尝尝。

我是兵团人

郝新星

我是兵团人,因为我外爷是兵团人。

我是兵团人,因为我外婆是兵团人。

我是兵团人,因为我妈妈是兵团人。

我是兵团人,因为我也是兵团人。

我是兵团人,绝不因为我以"祖人"的名义"称霸"。有人说你年仅16岁,还正在农三师中学读书的毛头小子,算什么兵团人。哎,这就对了,单说我是兵团农三是中学的一名学生就够了。就凭这一点,我不仅要理直气壮地说一声"我是兵团人",而且我为带"兵"字的人而骄傲,为我是兵团人而骄傲。

我是兵团人,我自豪、我骄傲。

自豪的是,农三师这所驰名全疆的"品牌"学校让多少像我这样年龄的孩子望而兴叹,遗憾不能成为其中的一名学生,而我从童年到青年都是在这所学校里渡过的。在我的心底,她是我的母校,她培养了我而且还在继续培养着我。

骄傲的是这所"品牌学校名不虚传"。据可靠资料表明,农三师中学仅1999年被兵团教委批准为重点高级中学以来,班级由36个增加到48个,生源由1670余人增加到3400多人，成千上万名莘莘学子连续多年高考录取率达到97%以上，其中全国重点大学录取率占到25%以上。2003年郭慧琴同学以681分的总成绩被国家一流名校——清华大学录取，并一举夺得全疆理科状元的桂冠。在这所精英脱颖而出的学校读书，我能不骄傲吗？

我是兵团人。我之所以这么固执，这么痴心不改，还有一个重要的原因就是受我外爷、外婆、妈妈的"毒害"太深，才对兵团情有独钟。

外爷已去世10多年了，但他的音容、笑貌、谈吐、动作至今还印在我童年的记忆里。那时候，外爷动不动就命令我搬来小凳子面朝他坐下，讲他跟王震大将军徒步入疆的故事。每当这时，外爷总是捋着胡子不紧不慢绘声绘色地说，那时候，外爷还不到15岁，身体瘦小，个子长得和步枪一般高……首长看我连枪都背不动，行军也常落伍，于是就叫我给他当警卫员，发给我盒子枪（手枪），我的长枪、背包、弹带等让其他警卫和战士背上……每到一个宿营地，第二天往往起不来还尿床，首长就调其他警卫员帮我背包、晒床单，还给我打饭……1949年9月26日，这时的新疆已和平解放，那时我是中国人民解放军第一兵团二军的人……1954年10月我们这个军连同六军整体编为兵团建制，从此我们由军营生活转为农业生产……那时候的开荒种地可落后哩，全用人拉犁背扛袋肩挑筐地耕地运肥背庄稼……再后来你外婆也由组织安排接到了新疆，你外婆还是童养媳呢……

我打小喜欢听外爷绘声绘色地激情澎湃地讲故事的样子，有时候我听得一动不动连肚子饿、想喝水，客厅里黑得要开灯了，都不知道。冷不防，外婆系围裙从厨房出来："还说呢，要知道新疆住地窝子当农民才不干哩。哎，现在啥都不说了，快洗手吃饭！"

其实，外婆也喜欢跟外爷一起唠叨他们共同渡过那段非同寻常的生活。也许，这就是人们常说的"苦中有乐"吧，否则，他们还愿意提起？

　　我和外爷、外婆都是兵团人,妈妈现在也在兵团一家保险公司工作,但妈妈和外爷外婆却是两种思想的人。外爷、外婆对他们的人生一点也看不出悔怨的样子,还常常以此为荣、以此为乐,以此为教下一代的资本。而妈妈却常与爸爸保持"统一战线",一听外婆谈起过去怎么怎么,他们就说陈谷子烂芝麻的事别再给孩子讲了,现在什么时候了,再用那些传统的、陈旧的东西灌输给孩子,会影响他们的思维空间、制约他们的发展。

　　不管怎么说,我是兵团人,因为我们家三代都是兵团人。兵团人有兵团人的气节、个性、品德,兵团人有兵团人的纯朴、善良、厚道,兵团人有兵团人的艰苦、快乐、追求。不同的是一代与一代人所处的特殊的历史时期、时代背景和社会条件。但无论如何、无论何地,我是兵团人,因为我的父辈、我的祖辈早已把我的一切烙上兵团印,离开了兵团就好像离开了氧气、离开了家、离开了树根根。

　　我是兵团人。我爱兵团,我爱农三师中学。哪怕将来我的翅膀硬了,兵团仍然是我人生永恒的画卷。

家园

曹红霞

也许你曾到过繁华的大都市。

也许你曾游览过江南秀丽的田园山川。

可你曾想到,在浩瀚无垠的塔克拉玛干大沙漠西缘叶尔羌河东岸,有一座不是江南胜似江南的绿洲小镇。她就是美丽富饶的博塔依拉克镇——农三师四十五团。

她有着艰辛的过去、辉煌的现在和美好的未来。

过去,父辈们创家立业,向戈壁宣战。住的地窝子,走的是"水泥路",喝的是盐碱水,吃的是玉米面,穿的是"清一色"。他们饱经风霜,用青春为我们铺就了一条通向小康生活的康庄大道。

如今,随着经济不断壮大,一座军垦新城拔地而起,展现在你面前的是一幅秀美如画的田园山庄。宽阔的柏油马路连接四面八方,路两边绿树成荫,百花竞妍;七彩街灯恰似镶嵌在玉带上的一串串明珠,在绿茵中闪亮;万顷良田阡陌纵横,开满了银色的希望;秋风里飘来浓浓果香,原野上奔逐嬉戏欢叫,仿佛在告诉人们又是一年丰收年。

清晨,辛劳的环卫工人把街道、草坪清扫得干干净净,给人们一个干净清爽的生活环境。文化中心、健身广场,有唱歌的、跳舞的,有弄拳舞剑、摇晃身躯舒展筋骨的,节假日还有一台台自编自演的好戏看。

华灯初上时,音乐喷泉在华丽的灯光下溅珠坠玉,大人们边听悠扬的乐曲,边谈新鲜事,孩童在泉边追逐戏耍;执手携肩的情侣在绿阴中窃窃细语,老人们在银光下悠然漫步……放眼望去,街上行人川流不息,楼宇里灯火通明,远处原野上星罗棋布的"夜明珠"在夜暮中一闪一闪。

随着麦盖提垦区中心城镇地位的确立,四十五团抓住机遇,加快小城镇建设步伐。中心学校、中心医院拉动了一方的人气财气;集贸市场成为垦区与友邻四乡的人们贸易、交友、沟通中心,与繁华的商业街融合成一体,构成了四十五团繁荣昌盛的景象。集中供暖、供水,撤除小烟囱,既营造了一个舒适温暖、安全卫生的小天地,又减少空气污染,美化净化了团场大环境。

将来,随着垦区中心城镇建设和团场规模的扩大,小镇会变得更大,每天要承接几万人的衣、食、住、行。随着小城镇建设的发展,小镇会变得更美,可容得下两个字——情缘。来自五湖四海的各民族兄弟姐妹,在情缘的柔和中组成和谐温馨的民族大家庭,为了四十五团的繁荣昌盛而奋斗不息,为实现小康团场的宏伟目标奋斗不息。

追寻精神的绿洲

谭兴元

上世纪60年代初参军去部队，随后转业回到家乡重庆，从基层干部到机关，一路风雨兼程，总觉得退休对我是件很遥远的事。但时间如水流逝，我还没来得及把上班一族的苦乐感受整理成篇，便就到了该退休的年龄。

退休也好，是无事一身轻，我可以不再为按时到办公室报到而起个大早，也不再为繁琐的工作忙得焦头烂额，更不再为复杂的人际关系去恼神烦心，我可以干自己喜欢的事儿。

然而在此以前，我曾在报刊上读到过有的文章把退休渲染成人生的一大转折。你看，某人刚退休不久就患上了忧郁症；某长因为退休而使前来拜访的朋友数量迅速递减，被人白眼；还有某某退休不到一年，看上去已苍老了许多；甚至还有的领导从岗位上退下为就患了老年痴呆症等。由此，有人关切地提醒我说，你大小也是个领导，退休后可要注意调理，似乎退休的人生旅车越过这条线，车窗外的风景就不再如诗如画，取而代之的是冷落与寂寞，衰老与无奈了。说实话，我没有感受过寂寞，因为我相信平平淡淡才是真。记得有位诗人说过：“这是一个平凡的年代，即便你的热情如火，才智如泉，激情如歌，也很难使你的生命轰轰烈烈成为伟人。"但我认为，一个人的生活价值并不在于他的平凡或是伟大，而在于他是否能在平凡的世界中读懂属于自己生活的那本书，承受和理解生活所给予的一切，所以我选择平凡。"甘于平凡而拒绝肤浅，甘于平淡而追求作为"是我以前工作的座右铭。现在退休了，我也用这话来宽慰自己。因为我是平常人，应做平常事。

退休后，老战友们总对我说，记得你当年在部队时是拼命地干，回到家乡后，无论在基层还是到机关，既不断"充电"，又忘我工作，在你任公安科副科机关工会主席时总是认真负责使其成为先进，还把所在工会建成了"模范职工之家"，到人武部任部长后，好像如鱼得水，还主编过《国防教育读本》，使人武工作多次荣获省、市、县和成都军区先进单位。你这几十年来既无所谓风光，亦无所谓不风光，有没有过索然无味的感觉？我是这样回答的：我承认自己平凡，但并不平庸。因为艰苦奋斗，不断奉献是一个人的本份。即使是奉献的多获得的少，我也总觉得学到了很多有意义的东西，不可能是索然无味。

退休后的生活，宛如演员卸了妆，成了观众。这时候再去看台上的表演，似乎有许多可笑而又可悲的事情发生着，然后仔细想想，他们现在的可笑可悲处，未尝不是自己当年的可笑可悲之处；正如有首诗中所说："年轻时看路，平坦；中年时看路，曲折；老年时看路，明白。"老年人一举手一投足都有沧桑感和苍凉感，进入了一个能够欣赏和感受人生的较高境界，这可能是一种真正没有浮躁与轻率的成熟。

退休了，衰老已无法抗拒，那我就珍惜生命，享受生活。要老有所为，贵在保有一片精神的绿洲，以免过早陷入心灵的荒漠。我没有什么特别爱好，就喜欢在闲暇时翻阅报刊，弄弄笔，现在又爱上了电脑。陆游说过："年过七十眼尚肯，天公成就老书生。"订了报刊还不满足，有时还在图书馆，一看就是几个小时，总觉得报刊是一本百科全书,不读会有遗憾。读了也不能会记住,但却修身养性。每到会心处,便"欣然忘食",其乐融融。

古有诗曰:"不用更求苄芷辈,吾诗读罢自醒然"。翻阅报刊之余,心有所感,便写点短文,我之所以不停地写,一是有感而发,想与众多读者进行心灵的沟通;二是为了养生,精神不运则愚,思维不用必衰。我追寻精神的绿洲,不时弄笔,恰恰保持了身心平衡,有益于健康,岂不美哉?

思念

杨建国

思念,是那些释不下的情怀,放不下的情
愫……

在那些日落的黄昏,在那些滴雨的清晨。

轻风般拂过,薄雾般升腾。数着百合枯去的花
蕊,思念等待,有一份在心底千百次回眸的情怀。

夏日的碧荷,你的清幽,是否是昔日所有情怀
一次最坦荡、完满的表露?我呢?何时能有自己的
清幽?

晚风轻徐。我,只能锁住情怀。在思念中等待,
在等待中思念。

父亲

杨建国

　　暮色中的三师,坚定、宽厚、粗犷、沉默。你呵,三师,多么像我的父亲!

　　那么瘦削挺挺,洁白日莹的昆仑山,那么多粗糙齿般的皱纹!你呵,三师,肩上的负担有多沉重!负载的历史有多悠久?!

　　也许,这些我都不必问了,只要回头去看看我饱经沧桑的父亲。

　　一片五彩的云翳飘过你的额头,你笑了,笑得戈壁睁开双眼。父亲也笑过吗?是的,在苦难中熬过半辈子的父亲,那笑里含着多少艰辛与苦涩?!

　　三师啊,你也有博大的情怀与永久的思念么?也会流泪么?也会有凄切的忧伤与黯淡的岁月么?

　　你的三师么,原谅我吧,这些,我都不敢去问父亲。

　　黄沙漫漫,古道尽头。那边是苍翠欲滴的绿色。是森林?是大草原?遥远得使人无法辨认。哦,绿色,你是沙漠的生命;而我,则是父亲的希望。绿色,更是三师的生命;绿色,更是三师的希望之光。

　　不现实的梦境,也有它难以估量的价值。像夏天渴的甘露;像春日融融的和风。哪怕只捎来一丝丝儿零星的安慰。

尘沙弥漫——风呵,干吗这么凶吧,一下子把这梦吹破了。醒来,却依旧沉默,泥塑一样呆滞,雨夜一样烦闷。

月亮哪儿去了? 为什么不肯走过来为跋涉于涩地的人们点起一盏长夜的明灯……

一声巨响,雪崩从顶峰开始,那可是你从昏睡中醒来的呼吸?

三师呵——我的父亲!

一阵飓风,晶莹的雪花飞奔而下,那可是你向儿子们忏悔的眼泪?

三师呵——我们正积蓄着力量的父亲!

我模糊的泪眼激动地望着你,心事从此打指缝间流出。我们来了,带着一颗年轻的太阳,照亮你衰老的心!

三师呵——我充满希望正待振兴的父亲。

白发亲娘

呼延长纪

　　我爱我的母亲,是她给了我生命,养育了我,让我在母亲的庇护下茁壮成长。

　　在火红的年代中,也就是农三师成立的第二个年头,我出生在四十三团青年二连的一间地窝子里。在那艰苦的岁月里,我呱呱落地,给家庭带来了欢乐。

　　团场的孩子成长快,我三岁那年就学着干活了。有一天,我看到母亲在做饭时,悄悄到院外抱了点芦苇草,来到灶前坐在小板凳上,一把一把向灶里添柴,母亲两眼直瞪着我,好像不认识似的。好久才笑容满面地说:"乖乖真懂事,能帮妈妈干活了。"我的双眼熏得直流眼泪,妈妈的赞扬声使我心里美滋滋的。

　　有一次,我发高烧到了41度,拉肚子脱水,生命奄奄一息,母亲望着我,那伤心劲儿就别提了。医生告诉她,马上要输液。给我治病期间,母亲没合过眼,血丝充满了红肿的双眼,她拖着瘦弱的身子,精心地照料着我,我痊愈了,她却累倒了。

　　到了上学的年龄,母亲在灰暗的煤油灯下,为我做了一个精巧的书包,又将她结婚时穿的一件鹅黄色上衣给我改做了一件漂亮的小褂子,手工是那么精致,胸前绣的一只红艳艳的苹果,格外引人注目,难怪阿姨们交口称赞。

南疆的夏日,太阳格外毒,路边没有一棵树,灼热的阳光晒得人身上直冒汗,尘土也悄悄地往衣服里钻。回到家后,衣服上粘满尘土,身上又糊了一层泥,母亲又不得不给我洗澡、换衣服。

上中学后,一件小事使我有了远大志向。那是一个星期天,姑妈从内地探亲回来,给我带来几只红艳艳的大苹果,母亲隔三差五给我一个,到最后一个,我才想起母亲还没尝过一口。从那时起,我就暗下决心,好好读书,学好本领,将来种出好多好多的苹果,让母亲吃个够。后来,我以优异的成绩考入了华北林业大学。每当想起母亲含辛茹苦供养我上大学时,更加激发了我勤奋学习的热情,成绩始终名列前茅,学业期满,留在省城从事果树研究工作。

好久未看到母亲那慈祥的面容,思乡的心情如滚滚的春潮一般泛滥不息,我不得不踏上探亲的征途。

当我步入四十三团这块故土时,真不敢相信这是生我养我的地方。映入眼帘的是一行行梧桐,一排排白杨,当年母亲垦荒的地方,已是绿树成荫。宽阔的柏油大道两侧,百花争艳,香气袭人。一栋栋楼房拔地而起,耸立在团部上空,商店、饭店星罗棋布。街心花园群芳争艳、花香四溢。要不是母亲在街头接我,我真不知道哪里去找我的家。

母亲是最疼爱女儿的,把什么好吃的东西都端上上来,有北国的雪桃、南国的荔枝,还有美国的红提葡萄,苹果、香梨、红枣摆了满满一茶几。她满脸含笑:"吃吧,也没啥好东西,这都是咱们团场生产的。"那亲切的语音充满了自豪,我可尴尬了,探家前捎带的苹果咋能拿出手呢。

一顿丰盛的晚宴后,母亲伴我到大街上去散步,当走到办公大楼前,仰望街心花园雕塑时,母亲神采奕奕地告诉我,这塑像叫"冲浪",象征着四十三团人乘风破浪、勇往直前、奋力拼搏、战胜困难、夺取胜利。这话一点也不错,这正是四十三团精神。那位勇士不正像母亲当年那样,为建设团场在奋力拼搏吗!

母亲最爱打门球,常和老年人列队打球,她打得准,只要瞄准对方的球,一抬杆准打个正着。她对我说过,领导很关心老年人,修建了门球场、活动中心,健身的娱乐器材样样有,想玩啥就玩啥。

母亲飘逸着白发,身板却很硬朗。在母亲的带领下,我们驱车参观了新疆丰达农业有限公司,那一望无际的棉田,那整洁的纯净水厂,那机声隆隆的长绒棉加工厂,都是从一片荒原上崛起的。听那儿的工人讲,这个公司是四十三团和香港合资企业,棉花加工厂的设备还是从美国引进的呢。之后,我们还参观了新疆绿洲肥业有限公司和新疆兴艺食品有限公司。

晚上和母亲整整唠了一夜,别看她学问不高,却讲得有板有眼。给我讲团场的产业结构调整,发展了中药材,种植了韩国椒,又和内地农科院联合开发玉米制种,团场又推广了膜下滴灌新技术……母亲讲个没完没了,我就像童年时代在她怀抱中听故事一样,听得津津有味。听着,听着,不由使我想起了在办公大楼大厅里,看到的王恩茂的题词:"叶河岸边的希望之花",他鼓舞着四十三团人勇往直前,向新的征途迈进……

家有小闹钟

周开学

我这人没有安邦治国的大志，也自忖成不了大款大腕，每天晚上就喜欢躲进自己的书房，弄些风花雪月的豆腐块聊以自慰。这样长期开夜车的结果是每天早上睡懒觉，常常为上班不迟到而弄得手忙脚乱。没想到，我这一让老婆深恶痛绝的陋习，竟在儿子来到这个世界后，不知不觉改掉了。

进入新世纪，我在母亲望眼欲穿中初为人父。年过而立有了儿子，可谓迟来的爱。望着儿子粉嘟嘟的小脸，心底蓦然升起一种自豪感和幸福感。然而，我把妻子和儿子从医院接到家里没几天，就感到有些不适了。儿子要吃要喝要拉，每一件都是琐碎而费神的事，更恼火的是，儿子动辄哭闹，一旦看到我们没有马上去"安抚"他，他就会扯起嗓子大哭，似乎以此向我们提出抗议。

那是儿子从医院回到家里的第一个星期六，因为头天晚上又开夜车写了一篇文章，便打算用这个难得的休息日好好睡一觉。不料，正当我在梦中优哉游哉纵情潇洒时，耳边突然响起儿子的哭声。妻子的反应比我快，她狠狠地在我腿上拧了一把："快起来，儿子尿床了。"我揉揉眼，定睛一看，岂只是尿床，拉了一堆屎，全怪晚上睡觉前自己打懒主意没有给儿子穿尿不湿。因为都是我的错，我便乖乖地在妻子的指挥下给儿子洗屁股、换裤子、穿尿不湿、换床单，一阵折腾下来，我眼前金星直冒。可看墙上的挂钟，还不到凌晨四点呢。我长叹一声："做男人真难！"妻子一听，竟没好气地数落："你一个大老爷们做这点事算什么难，你没看见我生儿子连命都差点丢了吗？"看见妻子含有泪水的脸，我没敢吱声，倒头又睡了。

因为又开夜车写文章又常常在夜里被儿子的哭声惊醒，且免不了侍侯儿子，我在早上就更难以按时起床了。那时，我因为睡懒觉迟到了半小时，被头儿以旷工论处，扣掉当月奖金。我好不不委屈。我不敢把扣奖金的事告诉妻子了，只是悄悄地从商场买回一个闹钟放在床头，指望可爱的闹钟唤我按时起床。谁料，这闹钟铃声并不大，妻子也因晚上被儿子弄得筋疲力尽而无法叫醒我，我对闹钟简直是"充耳不闻"，我还是常常为能否按时上班而发愁。

后来有一天早上，我正在酣睡时，忽被儿子的哭声惊醒。遂为儿子洗屁股、换尿不湿，然后让妻子给他喂奶。等这一切都做好时，床头的闹钟响了，可这铃声已成了马后炮，真可惜。是不是从这天起开始，没记清，反正儿子几乎每天早上的哭声都在这闹钟响铃之前到来。在儿子充满期待的哭声中，我总是马上起床为他"服务"，而我睡懒觉的习惯也在儿子早上的哭声中不知不觉地改掉了。见家里有了儿子这个"活闹钟"，妻子高兴地把我买回的闹钟送给母亲了。

现在，每天早上，儿子只要一醒来，准会用他洪亮的哭声告诉我，快起床吧，新的一天开始了。

家有"小闹钟"，真好！

同学，真的好想你

王保平

　　2001年8月22日北京时间20点45分，喀什火车站人头攒动，乘车的、找人的、送行的，不时还夹着小商贩的叫卖声，熙熙攘攘地好不热闹。有十几位四十好几的先生和女士们则格外引人注目，一个个不分男女地拥抱在一起，泣不成声的祝福与道别交织在一起，让旁人看得既眼热又好奇。究竟为什么这么激动，这么失态？那是因为最珍贵的同学情谊。

　　1975年7月，兵团农三师原"五七"中学一教室里，老师郑重宣布："同学们，经过几年的学习，你们今天算正式高中毕业了，请各位带着三大革命实践中去自学吧……"转眼之间，下乡插队的已接受贫下中农再教育去了；还有部分同学的父母是团职以上现役军官，却因种种政治原因，纷纷举家离开新疆返回原籍了。26年后的今天，全国各地的同学们又汇集到第二故乡，探望久别的老师和同学，寻找昔日的情感，再看一眼难忘的母校。26年才相聚，而且是跨世纪之聚，这实在是件喜庆的事。

　　10年前，有几位同学偶然在北京碰面了，

欣喜之余就想起了当年的同学们，不知都在何方，过得还好吗？思念之情促使大家以北京为中心，一个联系一个，滚雪球似地逐步扩大到全国范围寻找昔日的同学，大家都有一个非常强烈的愿望，同学们能相聚一场该多好啊。到2001年6月就已将90%同学的通讯录编写成册了，最远的在美国新泽西州。

8月13日、14日，同学们陆续赶到乌鲁木齐，大家相见的第一句话总是"你猜猜我是谁？"当年分别时都是纯情少男少女，而今相见时已是进入不惑之年的孩子他爹她妈了。猛一看似曾相识，仔细端详时一个个熟悉的面孔越来越清晰。这就是同桌的你，那个曾为了桌子上的"三八"线而与我一争高低的她？随着时间的流逝，伴着那一个个笑容、一个个眼神、一举一动的再现，简直就是26年前活脱脱的你、我、她，所不同的只是脸庞上增加了一些岁月的痕迹，却仍然光彩照人。在乌鲁木齐相聚的日子里，同学们游览了天池、石河子、吐鲁番的葡萄沟等旅游景点。在天山一号冰川峰雪山上，留下了"天山猛男"的永久纪念。

相聚的日子里，最多的话题是"你这些年过得好吗"，大家相互诉说了26年风风雨寸的故事，道出了人生路上的坎坷与成功。同学们做了一个游戏，假如你又回到26年前，对人生、事业、婚姻……你将如何选择？随着节目的进行，同学们回忆着那青春年华的美好时光，倾吐着心里的那些小秘密，最后竞评选出最佳诚实奖、最佳遗憾奖等22个奖项。

8月20日有十几位同学离开乌鲁木齐又来到了巴楚县毛拉乡原兵团农三师"五七"中学，大家兴奋又伤感，校园已成为了农田。当同学们站在原教室门口的台阶前，面对着那一堆堆的瓦砾，一个个默默无声，心情十分沉重，这就是曾伴我们度过五年美好时光的地方？我伤感地拣起几块遗留的水泥黑板残片，看着看着仿佛耳边又响起了琅琅读书声，同学们在课余时间嬉闹的情景又展现在眼前，一时心潮起伏思绪万千。大家来到当年的操场时,班长又开始集合点名了,那一声声含着泪花的点名声,在空旷的田野里显得十分的悦耳动听。

学校附近的大涝坝还在,同学们将手里的矿泉水丢在一边,竞相捧起劳坝水喝了起来,那情形不是在喝水,倒像是在品尝世界上最好的琼浆玉液。再往前不远就是原农三师机关的家属区,部分同学又忙着寻找自己的"家",不时传来"找到了"的惊喜声。新疆农业大学的董新光教授站在他家的废墟上,热情地邀请同学们到"家"作客,顷刻间"家"里就站满了"客人",一时间嬉笑声又起。北京西城公安分局的黄飞正则围着自己的"家",进进出出、前前后后地转个不停,好像在观察着什么;不一会他又静静地坐在"家"门槛处,面对着"家"里沉思着不言不语;在同学们的劝说下,眼里含着泪花的他默默地拣起半块砖用手绢包起来仔细地放进挎包里,说是要带回去给老爸老妈看一看,好留个纪念。离别时,同学们一步三回头恋恋不舍,轻轻地抚摸一下路边那茂盛的红柳,亲吻她那红灿灿的花朵,再吸一口含有红柳花那特有淡淡香味的空气……。农田里干活的维吾尔族农民也被这群又喊又叫、又哭又笑的"神经病"给弄糊涂了,竟聚在一起指指点点地议论个不停。

同学们相聚了10天,这10天是大家终身难忘的刻骨铭心的10天!

火车徐徐地开动了,车上的你,车下的我,那一个个渴望再多看对方一眼的同学们,千言万语汇集到泪花里,汇集到向您祝福挥动的双手上。随着车轮的加速转动,带着同学们的深情厚意,奔向了远方。

同学,请走好,祝你一路平安。

只愿你过得比我好

滕立新

　　谢谢你心里还想着今天是我的生日。这张小小的贺卡别姗姗来迟,可它又一次点燃我心中早已熄灭的希望之火,却让我再度想起你,想起仍然那难忘的大学生活……

　　你劝我忘了我,可如果你真懂我,怎能舍得把这么沉重的包袱和责任推给我!你明明知道我不能忘记你,你明明知道我为见到你,能在冷风中等候一整天一整夜……我不敢奢求你对我怎么样,真的,我一直以为自己只是你生活中的一段插曲,永远只能是点缀,是过客,总会被你遗忘,所以我怎敢奢求你对我怎么样呢?错就错在命运给我开了个天大的玩笑,错就错在爱上一个不该爱的人,错就错在一步入大学就认识你;讲台上,你渊博的知识,睿智的双眸,诙谐的幽默那么让我倾心;生活中,你父兄般的关爱,每一次的嘘寒问暖却被我当作射我心扉的爱之箭。你文雅漂亮的妻子,可爱活泼的女儿让我望而却步,不敢靠你太近,但爱之火焰却越燃越旺灼伤我心。因为爱你,选择了逃避,在毕业分配时我放弃留校的机会来到边远的新疆。

　　我深深地懂得:爱情有是需要放弃,放弃是一种更高尚的爱情,尽管这种放弃苦苦折靡着我,还记得你为我解读普希金的诗吗:"我曾经爱过你/爱情也许没有完全从我心中消逝/但愿它不再打忧你/我一点也不愿再使你难过悲伤/我无言地无望地爱过你/我忍受怯懦和嫉妒的折磨/我那样真诚地温柔地爱过你/愿上帝给你一个人/也像我一样地爱你。"哦,亲爱的人,无论我在天之涯,海之角,永远都祝福你:只愿你过得比我好。

平淡生活才是真

赵天益

　　我和老伴的恋爱生活非常简单,彼此都是毫不掩饰内心的意中人。老伴文波,50年代初和我一起进疆,她聪慧贤淑,心地善良,待人亲切诚恳,性格温柔内向,什么时候总是笑吟吟的。不管是在基层连队的拓荒劳动中, 还是在团场机关的工作岗位上,她总是对工作孜孜以求,一丝不苟,是当时许多年轻小伙子追求的对象。我们经过几年的相识、相近,爱情就在那种看似平淡的氛围中萌发了,似乎一点也不浪漫,也没有时下一些人那样罗曼蒂克。

　　我们走的是一条国人最传统的道路,恋爱、结婚、生孩了,一切都按部就班,一切都那么自自然然。

　　令我终生难忘的,是在农场结婚时居住的那间简陋的土坯房子。那还是1960年的春节,一群热心的年轻朋友帮我们收拾刚刚泥好的结婚新房。大家七手八脚抬来一张双人床、两个方凳和一只从商店库房买来当作衣柜的木货箱,又把被褥床单铺在床上,刚刚收拾停当,只听扑通一声巨响,把大家吓了一跳,原来入冬前泥的房顶棚没有干透,经火炉一烧烤化了冻,便整个脱落了下来,弄得满屋满地的泥土。望望黑洞洞的房顶,看看红通通的炉火,大家逗趣道:"新郎新娘,这就是你们的新房!"我俩相视一笑:"啊,这就是咱们的家!"

没有迎娶的彩车,没有送亲的伴娘,没有喜宴也没有贺礼。我和文波仍是日常的装束,在团场机关会议室里举行了十分简朴的婚礼。在主婚人、证婚人分别讲话以后,大家便围坐一堂,喝着茶水,嗑着瓜子,吃着水果糖,笑着闹着要我俩介绍恋爱经过,气氛热闹极了。直到大家闹够了,才簇拥着把我们送入洞房。

我们婚后的生活过得投入而和谐,为了这个家,她做了太多的牺牲和奉献。在漫长的40个春秋里,我的工作有过多次调整与变动,为了全力支持我的工作,她毅然放弃自己十分热爱的技术工作,先后改行做打字、档案、教师、营销和财会等工作,而且是干一行,爱一行,钻一行。

相惜相携近半个世纪,再好的夫妻也有争吵的时候。我们常常因为一个观点或一件事各说各有理,争执得面红耳赤。妻子见我火气上来了,就退一步,不说话了,我失掉了对手,就泄气了。等到我心平气和的时候,她再来理我。没有哪一对夫妻相处理一点矛盾都没有,其实,没有哪一个丈夫或妻子能够完全接受对方的缺点和毛病,只有靠夫妻双方心灵的沟通,靠真挚的感情来维护婚姻和家庭。

追忆似水流年

李娜

那一年,我满十岁,结束了农村的生活,离开外婆的呵护回到父母身边。周围的一切都那么陌生,家的旁边住满了老师, 和父母一样有着严肃的脸色,小朋友们整洁漂亮,礼貌客气,黑黑的我似乎一下成了异类。

我强烈的要求使自己得到了菜园角落的一小块土地和两只鸽子,土地上长满的杂乱花草和我的鸽子一样昂首向天,茁壮极了,我天天忙着照顾这一群小小的生命,日子也过得简单而惬意。

我最初的启蒙教育源于不识字的外婆和顽皮的小舅。那时候,小舅还未结婚成家,每到晚上,外婆在灶台做饭,小舅烧火,我就腻在他怀里玩弄着吐着舌头的火苗,扒拉灰里烧熟的红薯。外婆边忙乎边给我俩讲一些捕风捉影的鬼怪故事,东家小孩见到的是吊脖子,长舌头;西家老人见下马看花是浑身白毛,火红的眼睛。我紧紧搂住小舅,既悚怕鬼的恐怖,又惊叹它的多变,于是鬼怪成了我最感兴趣的话题。而年轻的小舅总在厕所的吊篮里、灰黑的灶台边、油腻的碗柜中胡乱扔着一本本如烟叶般皱皱巴巴的小人书,据说还可以综合利用,看完顺手就擦拭灶边的烟灰,还可以引火。小舅的"侠义"文化就那样随外婆生根发芽,而我却深受其害。

我终究还是要上学的,虽然能数清家中有几个人几只鸡的"智慧"已令外公自豪不已,他们都坚信我是最聪明的伢儿,无人可及。可父母的眼神却是伤心欲绝的,他们一方面自责于多年的疏于管教,一方面又为我的教育痛心疾首,我在据说是最好的老师带的最好的班里做了插班生,正逢期中考试,我以语文、数学相加不足100分的成绩树立了我的"威信"。教师上课时从不离开他的那把椅子,微闭着双眼用地道的方言为我们念书,我苦于没有精神寄托,烦了也就如老师般微闭双眼,将自己引向叫梦另一丰富世界。

期中考试的一败涂地令父母无地自容。我的鸽子在一个夜晚遭到老鼠的袭击,竟然惨死了一只,另一只孤寂难当,急骤地瘦了下去,不久就显出伛偻的老态。而我惟一的一盆君子兰也被一个顽劣的男孩偷走,我沿着长长的小路拼命地追赶,他们却将君子兰踩入泥潭,尔后逃去。我的外婆带着舅舅打柴时给我摘的满筐板栗从远方来看我,结果却在饭桌上因父母对我的恶劣评价外婆而愤然离去。

我的最后一只鸽子也不违天命地去了,我把它葬在我的花园里,生死相许的故事听了不少,却不料在它们身上成了第一次"演义",我只觉骤然长大不少,在不懂爱情的年纪里早早厌弃了伙伴们青梅竹马的游戏。

校园要治理,我的小花园也被开垦为果园,种上了直直的梨树。

经营婚姻

岑晴

　　男女从相识到相恋，从相恋到携手走进围城，就像建立一种合伙关系，成立一这合资的婚姻公司，是盈是亏，全靠合伙人自身。

　　论证入伙：这是婚姻公司成立的先决条件。合资前，男女双方会对对方的长相、学识、品德等项目进行详尽的考察。恋爱到一定程度后，认为有合资的必要便提出可行的原则，签订一份共投资的合同。合同经婚姻登记机关审核后，便颁发婚姻公司的营业执照这就标志婚姻公司可以正式开业运行了。合伙人双方各持证书一份，证书上的大红印章象征着法律的威严，也警示婚姻公司的成立不是儿戏。从此，合伙双方被牢牢地拴在一起，共同经营，共负盈亏，各自享受权利和承担义务。

　　资本投入：这是婚姻公司能正常运行的重要基础。合伙人要把真诚、信任、理解和宽容等爱情资本多多投入到婚姻公司中去。投入越多，增值越快，收益越大。这样，合伙人可随时享受到温馨、甜蜜、欢乐和幸福等丰厚的利润。你投入思念，它回报牵挂；你投入关心，它回报体贴；你投入休戚相关，它回报患难与共……如果没有爱情资本投入，那就是名存实亡的"皮包公司",注定要破产。但是,如果只投入钱物,婚姻公司也会经营不久。

合法经营:婚姻公司要受法律约束,合伙人必须在法律许可的条件下经营。首先要持证经营,像未婚同居、试婚等现象概不允许,要坚持合伙人双方协议投资、自觉自愿的原则;合伙人要和平共处,互敬互爱,不得虐待和歧视对方;坚持一夫一妻制原则,在法定的范围内经营,不得擅自扩大经营范围。

盘活存量资产:这是激发婚姻公司内在活力的有效措施。当前由于受市场经济的影响和合伙人自身的原因,一部分婚姻公司疲软运行,负债经营,有的甚至濒临破产。这应当引起合伙人的高度重视。解困的有效措施是把爱情的存量资产盘活,充分利用它的自身价值,以改革经营状况,赢得最大的爱情效益,使婚姻公司扭亏为盈,走出困境。比如,可以读读昔日的情书,去反刍一下恋爱时的甜蜜;可以翻翻过去的照片,去欣赏那相依相偎的浪漫;到热恋时的地方走走,去追溯那花前月下的往事;回想一下蜜月时的幸福,去品味春宵一刻值千金的温馨时光……

关闭破产:这是婚姻公司走投无路的一种无奈选择。因经营不善,爱情出现严重亏损,已经资不抵债,如果合伙人一方或双方有退出的要求,在做好清产核资、处理好遗留问题的前提下,就可申请关闭破产。这种万不得已的办法,请合伙人不要随便使用。

我们的……

柳凤春

一天早饭后,妻子为我洗衣服,从我的上衣口袋里拽出几张百元大钞,她柳眉倒竖:"这钱哪儿来的?"

我忙解释道:"是我的稿费。"

妻子凤眼一瞪:"谁的稿费?我不给你洗衣服,我不给你做饭,我不给你带孩子,到哪里去挣稿费?"

我连忙陪笑脸说:"好,好,好,我们的稿费,我们的稿费,行了吗?"

妻子舒了一口气说:"这还凑和。记住,这房子里的一切,包括你,都是我们的!"

我点头哈腰地随声附和着:"是,是,是,我们的!我们的!"

一天晚上,妻子生了我的气,不理我,躺在床上就睡!我忽然想起了她的话,便端了一盆洗脸水对她说:"请把我们的脚伸出来洗洗!"然后,我又打来刷牙水,对她说:"再把我们的牙刷刷!"

妻子刷了牙,脸上没有了阴云,可还没有笑意,我又说:"你休息我们的身体吧,我去写稿件,挣我们的稿费。"妻子"扑哧"一声笑了。

　　没想到这一招被妻子学会了,一天中午,我生了妻子的气躺在床上不吃饭,妻子做好了我最爱喝的甲鱼汤,走到床前对我说:"吃我们的饭吧!"我说:"不吃。"她说:"不吃我的饭,会饿坏我们的肚子,挣不来我们的票子,吃不上我们的王八!"我心里已经笑了,脸上还严肃着,妻子拉着我的手说:"快吃吧,吃饱了我们的肚子,然后再刮刮我们的胡子,然后去逛我们的商店,买我们的裙子。"我忍不住笑了。

　　谁知,我们五岁的儿子也学会了这一招。一次,我和妻子因一件小事闹得剑拔弩张,我举起一块镜子就要摔,被儿子挡住了,他冲我大喊:"别率我们的镜子!"又对妻子说:"别哭我们的眼睛!"然后,拉着我们俩说:"去遛弯,买我们的好吃的!"面对孩子,我们俩的火气都消了一半。刚要出门,儿子又喊:"等会儿,先尿泡我们的尿!"我和妻子都乐了。

379

思念

泉丰

一

往事是一条河,你在岸的那边,我在岸的这边。思念是桥,思念是一道亮丽的风景,生活中美好的事物容易留在记忆里,让人拥有快乐的心情。

你说很希望幻想成真,走过桥,什么话题并不重要,只要天空有云朵,能挡住炎热的太阳。你说好愿意是条自由自在的小鱼,游过河,把我想像成亮丽的小屋,小屋中有许多你送的贝壳,有许多我精心培植的鲜花。

二

你说闲愁时品茗生活的滋味最苦,闲愁的日子最艰难,闲愁的日子多思念。阅读你忧郁,我情不自禁地流下了热泪。即使残阳如血风浪翻卷也感人,你的表白直接拨动着我的心弦。

但你毕竟是泓平静的水,平时只是帆影点点,柳枝拂水。即使有月亮的晚上,也只是悄悄响起几缕悠远的鸽哨,风吹鱼跃,溅起些许波纹。

三

最热烈的是生活,最平淡的也是生活,你这样对我说。是啊,走崎岖弯曲的山径时你会感受到生活的嘲动,走通达平缓的道路时你觉得生活简直是一杯沏好的茶。

热烈的生活人人向往,人人理解。但多数人只能过着平淡的生活,要知道平淡无奇才是生活的真,唯有踏踏实实走进的人,才能真正品味生活的真谛。

四

你告诉我你的心境其实是浪漫的潮,涨时汹涌,退时匆匆。有时你任凭小舟殖着潮涨潮落,让思绪的鳞羽扑闪出绚丽的光彩。

有时你面对过去的潮,却独自守望着哭泣的心。所有的憧憬都是美丽的白帆,所有的遐想都是动人的弧光。你可知道,涨潮是人生的丰碑,退潮也是生活的乐章。

五

我愿思念是风光秀丽的花园,你倚着腮帮凝思,让晚霞描下最迷人的剪影。我愿思念是温暖的港湾,让飘零的你默默停泊,枕着沉甸甸的梦悠然入睡。生活的每一个年轮,都交织着喜怒哀乐的经纬,充满着甜酸苦辣的滋味,热爱生活;善于思念的人,将永远得到生活的青睐。

每天都是母亲节

刘丹

不久前,出门在外的我在给家里打电话时,听到女儿在话筒的那一端用清晰而又稚嫩的声音娇娇柔柔地叫我"妈妈",心中不禁涌起了一股融融的暖意和深深的感激,同时也想起了家中我那满头花发的母亲。

在童年的记忆里,母亲始终是忙碌的,白天忙着下地干活,晚上在昏暗的油灯下忙着为我们姐弟3人缝补衣裳、纳底做鞋、搓洗衣裤,从没有闲着的时候,"操劳"似乎是母亲生活里永远的主题。

在我上中学时,父亲在连队担任会计,还承担着连队许多其它的业务,工资很低,工作却十分繁忙,根本很少顾家,家中里里外外的所有家务和农活都落在母亲一个人肩上。母亲是家属,没有正式工作,她除了帮助父亲弄好承包的那"1亩3分地"外,还喂鸡、养猪、养羊,以补贴家用。

母亲没有读过多少书,但她却总希望自己的儿女能够多读一些书,期盼着能够用自己辛苦和勤劳来换取儿子们一生的幸福。因此,不管家境多么窘迫,只要是我们姐弟上学需要用钱,她总是微笑着把钱给我们,并嘱咐我们要好好念书。那时,每当在外地上学的我,一次次手捧着母亲托人带来或邮寄来的、凝聚了母亲心血和汗水的学费和生活费时, 心中不禁涌起阵阵酸涩和深深感激,总也忍不住热泪盈眶。

在我上大专时,有一个学期的期末,正值数九寒冬季节,我回到家里复习,为迎接期末考试作准备。一天晌午时分,在家里看了两个多小时书的我,由于长时间不运动,手脚直觉得冰凉。于是,我走出家门,想呼吸呼吸新鲜空气,活动活动筋骨。屋外,雪后阴冷刺骨的北风刮在脸上,像刀割似地直逼得我寒战不已。不经意间,侧目看到在离家不远处的棉田里, 身穿一件旧棉大衣的母亲正怀抱一根羊鞭、双手互揣在袖管里、双脚不停地互磕着,站在没踝的积雪中放羊,寒冷的北风吹乱了母亲额前缕缕的花发,吹紫了母亲那布满皱纹的面颊。望着萧瑟天空下那不停晃动着的瑟瑟发抖的身影,我的眼泪夺眶而出。

参加工作后的我,虽然每月工资不多,但总想用自己微薄的收入来补贴补贴家用,每次出门回家,也总不忘记给母亲带点礼物。可是过惯了清苦生活、节省了大半辈子的母亲却总是唠唠叨叨地责备我乱花钱,不懂得勤俭节约。我明白母亲的苦心,她是不舍得花我的钱,害怕亏欠了我。每每面对母亲的这些"唠叨"和"责备",我总也无话反驳,因为我知道:这个"理",我永远也无法和母亲说清。

在"母亲节"前夕,我要用自己手中的笔来表达我对母亲的那份深深和敬意和感激,给操劳了大半辈子的母亲一个安慰,也给自己的心灵一个安慰,因为在我心里,每天都是"母亲节",感谢母亲,永远也不会过时。

最美还是夕阳红

吐逊姑

从少年步入青年、中年时期，是人生最富有活力、浑身散发青春气息的时期。随着自然规律的变化，慢慢步入了老年，沧桑岁月的痕迹悄悄地写在日益变化的脸上，形成了一道道皱纹，青春时光一去不再回，犹如一天中刚升起的太阳，灿烂辉煌，过了那一刻，就不再有，留下夕阳洒金。

这就是人生的三部曲，虽然在这最后一部曲中，人变得体弱多病，步伐蹒跚，但是还有一颗火热的心在跳动，老年朋友们，请让那颗曾经年轻过的心再次活跃，再次散发青春气息吧！我们五十一团老年活动俱乐部的门永远向您敞开，在这您可以尽情唱，尽情跳，并且自编自舞；在这有您的老朋友，老同事，可以让您感受到大家庭的温暖、健康、愉快的生活，是我们大家共同的愿望。老年朋友们，请记住最美还是夕阳红，请让您的生活充实，丰富起来。

生死婚姻

马相才

　　妈妈嫁给爸爸时，只有19岁。家中有一张黑白照片，是我父母惟一的合影照。照片上，妈妈如花般地微笑着，父亲穿着军装，带着一种快乐而忧郁的表情。尽管我无法理解，但这表情却总让我十分感动。

　　妈妈患有遗传性心脏病，在她娘家，每代都有人吃着饭、睡着觉、走着路时毫无先兆地猝然死去。所以她嫁得这么早！但她从没有告诉过父亲，因为无论如何，父亲也会娶她的，她不想让他担心。

　　父亲也就装着不知道，虽然妈妈可能只剩下几年的生命，但他们过得很幸福。父亲转业后在县城外一个仓库上班，单位只有3个人，所以每月每人只能回家两天。但父亲却要与妈妈用这两天的时间尽量共享他们的快乐。

　　我不知道他们每次是怎么别离的，我想那个场面一定让人肝肠寸断。父亲要装着毫不知情般的泰然，妈妈却一定是久久地望着他的背影，不肯眨眼，害怕这就是最后的诀别。就在那年，妈妈冒险生了我。

父亲很少给妈妈买头巾、零食这些小玩艺,他用另一种方式来表达他的爱。每年寒暑假,我都被寄放在奶奶家,他坚持与妈妈按照他们相识时的愿望,每年出行两次。我总难以想像,父亲明明知道,无论坐车或乘船旅行时,每到一个风景奇绝处,他的妻子随时可能猝然死去,他还能那样地言笑从容!

那时,父亲的工资只有36.7元,他生活得很清苦,他也许祈祷过出现奇迹,但最后的一天还是来临了。

那是他们婚后的第六年,父亲正在仓库值班,用炉子热他的午饭,还有白水煮萝卜,还没来得及放盐,传达室的同事就匆忙跑来,远远地喊:"小马,你妻子单位的电话。"然后,他看到了父亲猛地一下跳了起来,脸刷地白了,朝前奔了两步,像要抢过一条生命之线,却忽然自己倒地,再也没有站起来,那个同事说,父亲迈出的一共不到十步。

妈妈哭着赶来时,父亲的身体已经凉了,年轻的脸上分明写着他当时所有的担心与恐惧,炉子上的萝卜已经凉了,屋里只有一张帆布床。妈妈流着泪合上他的双眼,又数他清汤寡水菜上的油星,一共只有11滴。

妈妈说:"我负你一世!"

医生告诉妈妈:亡者死于心力衰竭。

许多年以后,妈妈给我讲这段故事时,淌着泪。那时,她的生命已走到了尽头,我握着她的手,沉浸在对父亲的缅怀中,甚至忘了哭泣。

生命中原来就有不朽的东西,静静地流淌着,犹如远方的音乐。

说你，你别不爱听

马相才

我们做儿女的只有在双休日有时间陪父母。他们都喜欢打麻将，但不喜欢动钱，没有刺激我们又不愿打，一致说现在麻将都是体育项目了，应该有竞争有奖励。无奈他们就是不同意，只好小来小去打一会儿，要是都没输没赢，他们就很高兴，说，就这样好，就这样好。后来我爸想出来一主意，干脆记账，一年一结，有个荣誉奖也行，大家都很高兴，因为我们姐弟间谁不服谁。可前几天一结账，我爸自己竟是第二名，我们几个人都怀疑这个账有问题，因为他明明老是输，但又没什么证据。

在我家，花盆比花多，鱼缸比鱼多，鸟笼子比鸟多，都是我爸老有所乐的见证，由此可见他在这上面破费了很多。这他自己都不提，倒是总嫌我们花钱多，老挂在嘴边的话就是：说你你别不爱听，总有一天你会知道我是对的。有一次他在小摊上花七元钱买了一件衬衣，对我们说，我就是要把它和那些好的一起穿，让你们看看，衣服有没有必要买那么贵的；可惜那衬衣也不争气，一天就坏了，我们就趁机说他：真不会过日子，咱们家啥家庭？还穿一次性消费的衣服……

　　唠叨归唠叨，他心里还是疼我们，尤其是心疼不在这里的弟弟。前不久，网友送我一瓶"洋河"，我爸一看，两眼顿时发亮，这是1983年的酒呀！我一看，可不，厂家的电话号码还是四位数呢。他怕被家里的猫打翻了，放这儿也不放心，放那儿也不放心，喝又舍不得，说等你弟弟来再喝。直到前几天弟弟一家来，我爸才把酒拿出来，一人倒上一小碗，弟弟端起碗："爸妈，为儿的敬双亲一杯。"说罢一饮而尽，最后一口咽下了，才品出味来，连喊好酒。我爸眼看着这酒喝糟蹋了，心里就有气，果然不一会儿，他借题发挥：说你你不爱听，年轻人，要把精力用在工作上，别一天总喝酒。弟弟说，老爸你说得极是，我在外面不喝，今天还不是见到你们，要不，我能一饮而尽吗……

　　前不久，他老人家不唱京戏了，说是想操琴，我们也当真，可过不几天，他还真买回来一把京胡，卖京胡的人看他一把年纪还这么好学，破例配给他一本书。那几天，他抱着就胡真是爱不释手，我们就受罪了，妹妹家的小孩做作业时干脆用上冬天防寒的护耳，最后我们和他商量，能不能在我们上班孩子上学以后再尽情发挥？还没等我们说，他就不拉琴了，因为他的好友送给他一对虎皮鹦鹉。

　　前几天，我送他一个大花篮。老爸说，不好好过日子，就知道气我，这么多钱，能买多少东西！我做这条裤子才花了20元。我只是笑笑，他就说，别看你笑，我心里明白，说你你不爱听。

　　现在我爸还是这样，只要见了我们的面就要说我们，只要他开心，说就说吧，孝顺孝顺要不还是顺！

妻子"三招"醉母亲

陈兆

　　结婚初期,我一直担心妻子与母亲是否能和谐相处,因为她们毕竟没有血缘关系,在生活方式、生活习惯上的差异也是明摆着的事实。远在乡下的母亲也迟迟不肯进我城里的小家,即使偶尔来看一下我们,母亲也只住一两天便匆匆告辞。在妻子面前,母亲总是说老家忙,有许多农活要干。其实,母亲早已从农田"退休",所谓农活也不过是几块蔬菜地要侍弄而已。有一次,我再三挽留母亲时,母亲悄悄地对我说:"你妻子是城里人,我是乡下老太婆,长住,她可能会烦的。"

　　后来在聊天时我把母亲的担忧告诉妻子,妻微微一笑:"你娘还挺有小心眼,不信我一个堂堂大学生讨不了她的喜欢,你等着瞧好了。"一个月后,母亲又突然出现在我面前,在我的惊奇中,母亲说:"小刘打电话说想吃老家的豆腐干,我特意做了送来的。"豆腐干是家乡特产,虽然小有名气,平日里妻却不太进口,怎会想吃呢!在我的疑惑中,妻得意地给我使眼色。原来是妻子借口"想吃"邀请母亲来"作客"。这天,妻拿出全部手艺做了许多特色菜,母亲也十分高兴,吃了许多,母亲还执意下厨做了几样家乡小菜请妻品尝。在妻与母亲的互相称赞中,母亲住了一星期才告辞。临走时,妻又买上许多适合老人吃的糕点给母亲带上。送走母亲,妻得意地说:"这是我的第一招'吃'。吃了嘴软,母亲就不会说我这城里的媳妇不好处了。"

妻的第二招在"嘴"上。母亲是个文盲,一生与农田相伴,平时婆媳俩虽然有说有笑,可母亲总缺乏自信,常常疑神疑鬼。一次,3岁的儿子在妻面前告状:"奶奶不讲卫生,吃苹果不洗。"童言无忌,而母亲却悄悄问我,妻子是否嫌她不干净。妻知道这"天大的冤枉"后,发挥了她那"甜嘴"的作用:"妈,您一生养大了七个子女,肯定比我有经验,小孩让我惯坏了,不懂事,以后还要您多费心教教他呢!"高帽子一戴甜甜的话语使不快的母亲一会儿便乐了起来。此后,母亲逢人便说:"我就是喜欢儿媳的甜嘴巴。"

妻的第三招下在"心"上。妻是个有心人,为了搞好与婆婆的关系,特意找了几本老人心理学的书籍,并广泛用于实践,成效颇佳。妻对母亲有孝心,从不要母亲干家务,母亲在时,我也跟着"享福"。有时,我习惯地下厨打下手,妻总是推我去陪母亲说话:"大男人,去干好工作就行。"每当母亲看到儿媳如此关爱儿子,总会如释重负般绽出放心的笑脸。妻说:"做母亲的总怕自己的儿子受累,看到你什么家务都要做,肯定会心疼,自然会嫌我这个媳妇。"由此一来,我真想母亲永远在身边,让我永远沾光。去年"五一"期间,母亲又来"作客",妻竟然找出许多孩子的电动玩具让母亲教孩子玩,正当我不解时,只见年老的母亲在孙子的指导下,玩得比孙子更投入,更动情。"老人同样需要玩具",妻得意地指着母亲说。望着祖孙俩尽情嬉笑、其乐融融的场景,我这个做丈夫、做儿子、做父亲的"三栖"角色,从心底里感激妻子,是她的苦心"三招",使母亲那饱经风霜的脸始终露出笑容。

父亲给我的机会

蒲永欣

父亲切去了整个胃,却保住了性命,也保住了我日夜祈盼的那份深深的父爱……

父亲是一个极为普通的人,在我的印象里,他心是那样善良、温厚、勤劳、沉默甚至有些木讷的人,但我印象最深的还是他毫无保留地给予我的深深父爱。

父亲用全部的力量支持我出外求学,为了回报他的这份爱,在毕业时,我义无反顾地选择了回疆,虽然父亲为我最终像他一样在这个偏僻的地方扎根而遗憾,但是,我还是真切地感受到他为我能够陪伴他而感到高兴。

1998年,我在父亲原来的单位担任会计一职,正当为此激动不已时,父亲却病倒了。目睹着父亲被病痛折磨得痛苦难当,我不顾父亲的反对,坚决将他送到了几十公里外的市医院。拍片、做胃镜,忙完了之后母亲和我都傻眼了,医生郑重其事的话犹如一把大锤砸得我们透不过气来:"怀疑是胃癌,但须进一步检查后方可确定。"

在医院花园里的那一片阳光下,我和母亲即如同置身于冰窖之中。一个下午过去了,我们决定面

391

对残酷的现实,动员父亲作手术,成败在此一举。

回到病房,性格开朗的父亲催促我们陪他上街好好吃一顿饭:"明天就要上战场了。"听着父亲轻松的话语心中一片酸楚。

次日清晨,医生护士走马灯似地在父亲的病房进进出出,看着父亲若无其事的样子,我抑制不住夺眶百出的泪水,躲在过道里哭了个够。

父亲进手术室了,我紧紧抓着母亲的双手,伫立在手术室外。此刻,我们惟一能做的就是等待。一个小时,两个小时过去了,我们仍然站在原地一动不动,脑子里像过电影一般显现着父亲平日里的点点滴滴。21年了,父亲为我付出了他清贫、操劳的一辈子。可是我却什么也没有来得及为他做啊。

手术室的门开了,一名护士端着切片去做检查,如果癌细胞还没有扩散,父亲就有希望了。看着护士匆忙地消失在通道的尽头,我和母亲的手握得更紧了,手指已握得发白,可是我们却感到一种力量在手指间传递。等待,那是怎样的一种剪熬!

护士欣喜地告诉我们手术可以继续进行时,我和母亲喜极而泣:父亲有救了!我和母亲无语地对望着,用眼神传递着这一信念。

当手术室的门再一次打开时,我们终于见到了父亲,他一动不动地躺在那儿,身上插满了管子。拉着父亲冰凉的手,我再也克制不住自己,放声大哭:"爸爸,你看看我吧!"凌晨五点钟,父亲逐渐恢复知觉,巨痛令他大汗淋漓,可我只能够眼睁睁地看着他遭受病痛折磨而手足无措,那一刻我的心都要碎了。

时间一天天地流逝,尽管漫长难捱,但是,一切最终都过去了。父亲切去了整个胃,却保住了性命,也保住了我日夜祈盼的那份深深的父爱!经过我和母亲日日夜夜的精心照顾,熬过三个化疗期的父亲逐渐有了起色。

如今,陪伴父亲是我每天最重要的事情,无论工作多么繁忙,我都要在业余时间尽心尽力地为父亲做好每一件事情。

绝响的爱情

李阳波

沿着崎岖的山道向山顶攀登。在前面已有两个身影在缓慢移动,阳光下,他们戴着白色遮阳帽一起一伏,像行进在大海上的船的帆。

近了才看清是一对老年夫妇。这时他们正坐下休息,男的把女的脚放在自己怀里搓,看得出,女的感觉很幸福。望着天空中往返的缆车,我问他们:"你们都六十岁的人了,为什么不坐缆车呢?"女的搭话了:"不想坐缆车,轰隆隆上去,轰隆隆下来,什么意思也没了。"我一听,嚯!果然与我的想法不谋而合,便攀谈起来。她说丈夫有病,这次回去就住院动手术,以后恐怕两人共同登山的机会就没有了。这时我才注意到这位老先生是比常人显得瘦,但精神很好。我想这老人一定没有出过门,这辈子可能就这么个心愿了。可能老妇人看出了我心中的疑惑,于是她便给我讲了他们的故事:

那时,有两位青年学生追她。两人都很优秀.她左右为难,有一次她过生日,其中一位送来一块价值昂贵的手表,而另一位却两手空空,送表的青年嘲笑地问他准备送什么?他口气坚定地说给她一个承诺:将来一定送她一个世界!就为这句承诺,她选择了这位学地质的青年学生。

婚后,丈夫随地质队长期在外勘探。但每次回来总会给她带些令她感到惊奇的东西。于是,夏夜的星空下,从一个七彩的螺壳里她听到了大海的絮语、浪花微笑、鸥鸟呢喃;冬日的火炉旁,从一枝蓬勃的红柳上,她又看到戈壁风沙、丝路蜿蜒、驼铃悠扬;从青藏山脉采来的侏罗纪的岩石上,她仿佛看到了那远古时茂盛的森林风光,那银杏树,那剑齿龙……她依偎在丈夫身旁,真觉得自己拥有了这世间的一切一切。

说到此,老妇人有些激动地拉过丈夫的手说:"长期的风餐露宿使他患了胃病,又没有好好治疗,现在转化为胃癌。"这时,老先生也握住了妻子的手说:"我欠你的太多了,委屈了你。"说着又面向我,语调也变得诙谐:"以前总是跟她纸上谈兵,这次让她饱览山野风光,再不陪她走走,我怕老天爷不给我机会了。"

说完,他们便起身向前攀拿而去。弯弯的山道上,翠绿的山峦中那两顶遮阳帽一起一伏,像行进在大海上船的帆,很美。

潮流

戚峰岭

那天我去理发，没想到师傅不在，被徒弟剪了一个左高右低、前短后长的发型。新学徒一个劲地赔礼说："对不起，对不起。您是我学理发半个月来第一个单独被理发的人。发型有点怪，请原谅。就不收您的费用了。"我戴上眼镜后，无可奈何地顶着一头怪异发型走出了理发屋。

路上，我边走边想：千万别被熟人碰上了，要让熟人看见头发弄成这个样子，可丢脸了。

唉！想不碰到熟人却难。刚走出理发屋不远就碰上一个朋友。他拉住我像发现新大陆一般，说："你这个发型理得好有型哟，就像昨天我在电视里看见的那个韩国流行歌手。"

我没想到会有歌星剪出我这样的发型，忙问："你说的是哪个流行歌手？"

朋友说："叫安什么的。如果来点摇滚音乐，跳起踢踏舞，这种发型给人的感受是很酷耶。"

我沉重的心情立即轻松了：这样说来，我的发型不仅不难看，让人觉得很酷呢！告别朋友，我走路时腰也变得直了许多。

第二天一早我刚进办公室的门，就被同事们拉住。他看了半天,问:"你的头发在哪里剪的?"

我想这下可要让自己出丑了,忙挣脱了同事的手,说:"我忙得很,等会跟你说。"

同事从后面又把我拉住了,说:"你好像从来没有这么前卫过呢。这个发型特别像日本一个流行歌手组合男孩的。"

我没想到日本人也剪这种发型?忙问:"是什么歌手组合,叫什么名字,你有他们的照片吗?"我想眼见为实。

同事想了半天,说:"具体记不太清楚,但你的发型跟他们的简直一模一样。从侧面看过去,帅呆了。"

听完了同事的话,我顿时得意起来,并自我感觉良好地认为自己确实很帅。结果,当天的工作我做得特别有劲头。

快下班的时候,同事带着另一帮年轻的同事一齐来问我:"这种发型在什么地方剪的?"

我反问:"为什么问这个?"

同事们异口同声地说:"我们也要到那个地方去剪这种发型。"

于是,那些日子大街小巷流行起这种新发型,人们称之为:潮流。

心愿

徐春英

没读过多少书的父母总希望我能够读更多的书，他们期盼能用自己的辛苦换来下一辈的幸福。因此，不管家境多么窘迫，爸爸妈妈总是微笑着把钱给我，并叮嘱我好好读书，出人头地。

也许生活给了我太多的感动，载满感激的心总梦想着给父母带去一份惊喜，一份慰藉。

机会终于来了，我的作品在"独生子女"杂志上发表了。攥着30元的汇款单，我激动了好久，这是我梦寐以求的啊！30元钱，先给妈妈买点补品，她手术后贫血，由于没钱，连个鸡蛋也舍不得吃。再给爸爸买双像样的皮鞋……唉，30元钱，仅仅30元钱！它难以满足我藏在内心太多的梦想，最后我决定给妈妈买补品。

周末到了，我把自行车骑得飞快，心里快乐盘算着：先到镇上买补品，之后再回家。可当我来到商店，一摸腰包发现钱不见了。不会的，一定不会的！我不相信这是事实。可生活往往就是这么真实。我急忙推着车子返回找，找到学校，再返回来，又返回去……

我忘记找了多长时间，却始终没见到那用手绢小心翼翼包起的30元钱。我无奈地朝着家的方向行去。

　　嗖嗖的冷风中，我一颗失望、茫然的心不停地颤抖。我梦想了很久的愿望，要给父母带去一份惊喜，可是……残阳泻下一片血红，我终于到了家。

　　门口，映着母亲张望的单薄身影，黯然的脸庞流露出无限的焦急。我丢下自行车扑到妈妈的怀里，泪水情不自禁地从眼里，不，是从心里流了出来。

　　妈妈听完我的倾诉，焦急的脸立刻流露出欣慰，那深陷的眼睛闪耀着幸福的光芒。她轻柔地抚摸着我："傻孩子，别哭了，妈妈相信你，总有一天，你会拥有更多的稿费，会给妈妈买更多的好东西。"

　　残阳如血，冷风呼啸，但我的心已不再冰冷，因为我有了对自己的将来无比坚定的信念……

话绢花

张天明

　　近来,徜徉在街头,或随便走到哪家商场的工艺品柜台边,总是被那姹紫嫣红的绢花所吸引。瞧,那边是艳丽异常的月季、芍药、玫瑰,这边是充满野趣的满天星、草木莲等,仿佛步入了春天的花园。

　　看到绢花,自然想起了"一道圣旨出宫门,老树深冬也著春"的故事。

　　据说,隋炀帝杨广对绢花喜爱备至。有一年冬天,南蛮及西域各国派使臣向隋炀帝贡朝拜。正值冬季的京都洛阳寒风瑟瑟,光秃秃的树树在空中颤抖,一派凄凉破落的景象。于是隋炀帝下了一道圣旨,令京都所有做绢花的匠人,作丝绢赶制鲜花和树叶。三天后,整个洛阳鲜花簇簇,绿叶飘摇,令南蛮和西域各国的使臣大吃一惊,盛赞天朝为人间仙境。

　　的确,绢花在很早以前就融入了人们的生活中,备受人们的青睐。

　　近年来,随着改革开放和国民经济的快速发展,人们对生活居住环境美化也就提出了更高的要求。固然,盆花很真实,但受季节的限制,花期短暂。于是,一些精明的商人瞄准了消费者的这一心理,便精心制做了大量的绢花上市。

　　于是,绢花俏了起来。

　　不是吗? 在风雨送春归之际,一束束鲜艳夺目的绢花给人带来一片春意盎然;在朋友喜庆之时,一束素雅的绢花,带去朋友浓浓的祝福;在整洁的居室里, 一束静宜的绢花营造出一咱可人的温馨,轻抚着人们的心灵。

鸡年说鸡

张天明

在除夕的钟声里,在五彩的爆竹声中,在人们的道喜声中,雄鸡一唱鸡年来。

鸡年说起鸡来,还有一个传说。相传有兄妹两人,因父母双亡,兄弟妹相依为命,不久,哥哥结了婚,可是,妹妹的脸越来越黄,肚子越来越大。性格刚烈的哥哥就把妹妹吊起来逼问。性格温顺的妹妹只说没有那事。只是有天夜里,一个长着长翅膀,穿着花绒衣裳的人触了她一下。哥哥不信,就把妹妹打死了。有一天夜里,嫂子梦见妹妹对她说:"嫂子,你到我的坟头来,把我的坟扒开,里面有一个很大很白的蛋,你把个蛋拿回去孵三七二十一天,我就会活。"嫂子把这梦告诉给丈夫后,他们就来到坟地,扒开坟,果然看见一个又大又白的蛋。他们把蛋拿回家,精心地孵了二十一天,就看见一个毛绒绒的东西破壳而出,这便是鸡。

当然,传说归传说。其实,我们的祖先早在五千年以前就开始饲养鸡了。那时,把鸡称为"德禽"、"烛夜"、"朱朱"等。其中雄鸡又称"叫鸡"、"司晨"、"报晓鸡"、"长鸣鸡";雌鸡又称"草鸡"。

虽然古时对鸡就有如此之多的叫法,但是,鸡属于鸟类,是由野生鸡培育出来的,原鸡主要分布在我国国云南南部,广西和海南一带,除此之外,还分布在缅甸、印度一带。现在的鸡,经过人们几千年的培育,与原鸡发生了很大的差别,体重由原来的0.8—1公斤变为约4公斤,甚至5公斤,一年产卵由原来的8—12个变为300个以上。鸡、笋鸡、油鸡、浦东鸡、狼山鸡、萧山鸡、桃源鸡等。其中浦东鸡、狼山鸡、庄河鸡的体重达2.5—4公斤,而九斤黄可达九斤,这后面九种鸡每年产卵达150—300个以上。

鸡喜定居,在《诗经王风·君子于役》中说:"鸡栖于埘";"鸡栖于桀"。鸡又喜鸣叫,在《诗经郑风·风雨》中说:"鸡鸣喈喈"、"鸡鸣胶胶"、"鸡鸣不已"。也正因为鸡有鸣叫的功能,自古以来,人们便以鸡叫为时间,从而便有了"闻鸡起舞"、"鸡鸣而起"的成语典故。

逢年过节,人们的餐桌上更是少了不了鸡。瞧:德州扒鸡、黄闷鸡、香酥鸡、五圆鸡、京酱鸡丝、红烧鸡、怪味鸡等等。总之,在名师的魔棒下,用鸡做菜真是变化无穷。鸡除了做菜外,还可以治病。如:江西泰和县的"泰和鸡"就可以治风湿症。

鸡除了食用外,鸡的毛也成为人们的一种装饰物,这不仅具有一种自然美,更反映出鸡的实用性。

春的希冀

刘蓉

春天似乎来得有些急不可待,一不留神,大地已经披上了绿色的盛装,美丽的春姑娘悄然而至……

春天里,感受每天都是新鲜的。眼里那荡漾的柳枝,芬芳的散发着泥土气息的清风,还有那千姿百态的花、清脆的鸟鸣、淅淅沥沥的雅致小雨总是不禁让人会想起些什么,憧憬些什么、希冀些什么。

君不见,形态各异的树木竞相吐绿,尽管树干还看不出春的迹象,稚嫩鲜活的绿色生机使柔和抑或是粗犷的枝条在风中婀娜摇曳,绵绵的春雨也毫不吝惜地滋润着生命里干涸的心田。我们又一次真切的感受到了春天的生机盎然、万物竞发……

在我们的感受里,每一个春天都是新的。你领略了秋冬的收获,体味了盈满的喜悦后,更加珍惜春的分分秒秒,激情满怀的将新年深情的希望在这个季节里春耕播种。在总结了过去一年的经验,将成绩压在箱底之时,也正是心境恬淡、清澈明净之时。你脱下了厚厚的装束,轻装前行,希冀抓住春天的缕缕触角,和周围的同事、朋友,在梦想里的每一程做最亲密的接触,你完全把自己交纳给他们,没有任何条件。

　　春的希冀，尽管春季的每一天也许不能像我们希望中的变化之多、之快。但是每一个变化，每一天的微妙进步，哪怕是"草色遥看近却无"般的，不都饱含了我们迈出的坚实而有力的步履的决心；饱含了我们的梦想、执着与渴望？我们将梦想、执着、决心、渴望怀揣在心际间最神圣的角落，希冀春天，因为它储蓄了起跑的力量，只待一声令下，它就会厚积勃发，踏上征程……